夜行観覧車

湊かなえ

Ferris wheel at night

Minato Kanae

双葉社 Futabasha

目次

夜行観覧車

装幀　大路浩実
装画　米増由香

第一章　遠藤家

午後七時四十分――。

どうしてこんなことになってしまったのだろう。

目の前には少女が一人。彩花《あやか》と名付けたのは遠藤真弓《えんどうまゆみ》だった。

甲高い声を張り上げながら、勉強机の上にあるものを手当たり次第、わしづかみにしては、床に叩き付けている。いや、携帯電話、プリクラ帳、お気に入りのものは避けている。教科書、辞書、ノート……。ペンケースは先月買ったばかりなのにもう飽きてしまったのか。

だが、白地にピンクのハート模様のラグが、音も衝撃も吸収してくれる。少し高かったけれど、奮発して買ってやってよかった。

以前は、その中途半端な鈍い音が彼女の神経を逆なでするのか、さらに怒りを募らせながら、今度は壁に向かって投げ付けていた。が、二ヶ月ほど前に、そこにお気に入りのアイドルのポスターが貼られてからは、軌道が変わることはなくなっていた。

ポスターを一瞥《いちべつ》した後、出て行け、クソババア！　と残った気力をすべて振り絞るようにして罵《ののし》ると、癇癪《かんしゃく》劇場は終了する。クソババアに逆上してはいけない。終わりの見えない癇癪が延々と続くよりは、はるかにマシなのだ。

大切に育ててきたはずのわが子に、どうしてこんな言い方をされなければならないのだろう。初めは深く傷つきもした。だが、これは本心ではなく、振り上げた拳を下ろせなくなってしまった彩花の、こんなことはもう終わらせたい、という苦しみに満ちた叫びなのだ。そう思えば、寛大に受け止められるようになった。

家庭内暴力相談サイトに投稿してみたらどうだろう。「壁にポスターを貼ると効果あり。手に入りにくいものほどよい」。近頃は、そんなことを考える余裕すらできていた。

ポスターは、今日の昼がネットオークションの終了時間だから、と平気な顔をして学校を休もうとする彩花を説得し、真弓が責任を持って、落札したものだ。

紙切れ一枚に一万円。真弓にも若い頃、夢中になったアイドルはいたが、ポスターにそんな金を払ったことはない。

バカバカしい。しかし、落札できなかったら――。

学校から帰ってきた彩花は、ポスターを落札できたことに喜んだのに、値段を聞くと、バカじゃないの？　と吐き捨てるように言った。

いくら高くても五千円でしょ。相場もわからずに、じゃんじゃん値上げしていったんじゃないの？　あんたって、ヘンなところが負けず嫌いで、見栄っ張りなんだから。そのしわ寄せが全部あたしのところに来てるって、ちょっとは理解してよね。

しわ寄せ、って何だろう。結局、ありがとう、とは言われなかった。代金は全部真弓が支払った。二日分のパート代。家のローンはまだ三十三年も残っている。私立高校を受験するかもしれない彩花の進学費だって必要だ。

だが、一万円は無駄ではなかった。癇癪を起こし、壁に向かって辞書を振り上げた彩花の手が、下がったのだから。むしろ、安いものだ。

それ以来、真弓は、笑顔がかわいいポスターの少年、高木俊介《たかぎしゅんすけ》くんに好感を抱き、応援するようになった。出演番組はほとんどチェックし、CDや写真集も買い集めた。最初はたどたどしかった俊介くんの歌や演技が、短期間でメキメキと上達するのを応援するのは楽しかったし、何よりも、彩花との共通の話題ができたことが嬉しかった。

もうすぐテストじゃないの？　学校はどうなの？　早くお風呂に入りなさいよ。

それまでは彩花に向かって口を開けば、文句しか出てこなかった。それでは、真弓が癇癪スイッチを押しているようなものだ。

俊介くん、今度ドラマに出るんだって。主題歌も歌うみたいよ、すごいわね。そうだ夏休みに、コンサートに行ってみない？

えーっ、オバサンとコンサートなんて恥ずかしいよ。でも、どうしても付いてきてほしいっていうんなら、一緒に行ってあげてもいいよ。その代わり、服買ってよね。

俊介くんを介せば、彩花と楽しい会話が成立する。機会があれば、彼にお礼の手紙でも書きたいくらいだ。そして何よりも、夏休みが楽しみだった。

しかし、今夜の癇癪の原因は俊介くんだった。

水曜七時の人気クイズ番組に、新番組の宣伝を兼ねて出演した俊介くんが難しい問題をスラスラと答え、実は名門の私立校に通っているということがわかったのだ。真弓はそれを褒めただけ。

すごいわね、俊介くん、頭も良かったなんて。だから演技も上手いのね。台詞だってすぐに憶えられるだろうし、ストーリーもしっかり頭の中に入ってるんでしょうね。ダンスも歌も上手だし、基本的に頭のいい子は何でもできるのよね。

どうせ、あたしは落ちました！

どの言葉でスイッチが入ってしまったのか、彩花はそう叫ぶと、二階に駆け上がっていった。同時に、泣き声なのか叫び声なのかわからないような声が家中に響き渡る。ほうっておきたいが、そうすると、エスカレートするばかりだ。一度、下まで降りてきて、キッチンの食器を片っ端から投げ始めたことがある。

重い足取りで二階に上がり、彩花の部屋のドアを開けた。すでにいくつかの参考書が床に散らばっている。

「やめなさい、彩花。ママ、謝るから。勉強なんてできなくていいのよ」

「バカにするな！」

ノートが、教科書が、次々と床に叩き付けられる。机の上には携帯電話とプリクラ帳しか残っていない。よし、今日はこれで終わりだ。安堵のため息をついたと同時に、彩花の手が壁に伸びた。

「やめて！」

少年の笑顔が真っ二つに引き裂かれる。その瞬間、真弓のからだは透明なフィルムに包み込まれた。全身に水糊をかけられ、それが徐々に固まっていくような……何だろう、この感覚は。

フィルム越しに見えるのは、真弓の知らない世界。

見たこともない珍獣が暴れている。サル、ネコ、顔の作りとしてはリスか。長い爪をむき出しにし、全身で暴れる珍獣。修復不能なまでに引き裂かれたポスター。だが、珍獣は手を止めようとしない。壁に無数の爪痕が刻まれる。

やめろ。やめてくれ。わたしの宝物を傷つけるヤツは、許さない。

ピンポン、と高い音が響いた。

ドアフォンだ。こんな時間に誰だろう。真弓を覆っていたフィルムがニュルニュルと溶けていった。

一階に降り、玄関モニターを確認する。ニッコリと笑う丸顔の婦人、隣家の小島《こじま》さと子が必要以上に顔を近づけて立っていた。ドアを開ける。

スウェットの上下姿。肩からポシェットが斜めがけされている。黒いベルベット地に鏤《ちりば》められた、一円玉大の金色のスパンコールから目が離せずにいると、さと子は滑り込むように中まで入ってきた。

「これ、いただきもののチョコレートなんだけど、うちみたいな年寄り二人じゃ食べきれないから、もらってもらえないかしら」

小さな紙袋が差し出された。結婚前に一度だけバレンタインデーに奮発して買ったことのある、有名ブランドのものだった。丁寧に礼を言い、紙袋を受け取ったのに、さと子は帰ろうとしない。真弓の肩越しに奥をのぞき込んでいる。

チョコレートは口実だ。

「あ、あの、もしかして、大きな声を出してしまったから、ご迷惑をおかけしたんじゃないでしょうか。娘の部屋にゴキブリが出て、それで大騒ぎしてしまって……。たまにあるんです。わたしも娘も大袈裟《おおげさ》で、本当に申し訳ございません」

早口で一気にまくしたてた。しかし、さと子は顔の前で手を横に振る。

「あら、まあ、何のこと？　声なんて聞こえたかしら。こんな時間に来たわたしのせいね。ごめんなさいね。では、ごめんくださいませ」

笑顔のまま背を向け、さと子は出ていった。ドアを閉め、ため息をつく。

恥ずかしい。

彩花の癇癪が、真弓の叫び声が、近所中に響いていたに違いない。今日だけではないはずだ。さと子はいつも、それが気になっていたに違いない。人の好《よ》さそうな婦人だ。好奇心などではなく、本当に心配してくれていたのかもしれない。たまりかねたところに、たまたま、今日はチョコレートという口実があった。

いや、隣家とはいえ、声など聞こえるのだろうか。外の通りからの声なら、たまに聞こえてくることはあるが、小島家から声が聞こえてきたことなど一度もない。老夫婦の二人暮らしだからか。しかし、同じ年頃の子どもがいる、向かいの高橋《たかはし》家からも声が聞こえてきたことはない。いくらよくできると評判の子どもたちだって、年頃なのだから、音楽くらいは聴くだろうし、テレビだって見るはずだ。そもそも、わが家はともかく、小島家は隣家の騒音が気になるような安っぽいつくりにはなっていないはず。

やはり、チョコレートを届けてくれただけなのだろうか。

だとしたら、ゴキブリなどと、恥ずかしいことを言ってしまった。

前に住んでいたボロアパートならともかく、築三年目の住宅にゴキブリが出るはずもないし、出たとすれば、メーカーの担当者に即クレームの電話だ。

さと子は誰かに言いふらすだろうか。

遠藤さんのお宅にはゴキブリが出るんですって。まあ、イヤだわ。

本当にイヤだ。

二階に上がる気力も失せ、リビングに戻った。テレビもエアコンもつけっぱなしだ。物入れの引き出しから、家計簿と電卓を取り出し、テーブルに置く。

さと子はもう帰っただろうか。

通りに面した窓を十センチほど開けると、生ぬるい風が薄いコットンのカーテンをわずかに揺らした。カーテンを閉めたまま窓を全開にする。エアコンを切ってテーブルに戻ると、電卓片手に家計簿の記入をはじめた。

今夜は風があって過ごしやすい。


午後十時十分——。

どこからか、甲高い女の叫び声が聞こえた。

『やめて！』

テレビ画面に目を向ける。十時のドキュメンタリー番組では、長い闘病生活から復帰したベテラン俳優が命の重さについて語り、会場はわざとらしいくらい静まりかえっている。

『助けて！』

天井に目を向けた。彩花がドラマでも見ているのだろうか。少し音が大きいような気がするが、わざわざ二階の部屋まで注意をしに行く気にはなれない。

『誰か！』

違う。これはテレビの音ではない。音量を下げてみる。叫び声や物音は、窓の外から聞こえているようだ。

ゆっくりと腰をずらして椅子から降りると、かがんだ姿勢のまま、足音を潜めて窓辺に寄った。人差し指でカーテンを少しだけひっかけ、外の様子を窺ってみる。

お飾り程度のフェンス越しに見える、外灯に照らされた通りに人の気配はない。

『やめて、お願い！』

声はどこかの建物の中から響いているようだ。カーテンから指を外す。

泥棒だろうか。警察に通報した方がよいのだろうか。しかし、早とちりだと困る。

迷っていると今度は、ドシン、と鈍い音が響いた。

誰か他に気付いている人はいないのだろうか。この時間なら、留守にしている家の方が少ないはずだ。もしかすると、誰かがもう通報したかもしれない。

『許して！』

両手で耳をふさぐ。身をかがめたまま、なるべく音をたてないように窓辺を離れると、駆け足でリビングを抜け、階段を上がっていった。

奥の部屋のドアを開けると、冷凍庫を開けたような冷気が流れ出してくる。

「勝手に入ってくるな！　まだ、何か用があんの？」

散らかったままのラグの上に、だらしなく寝転がり、テレビを見ていた彩花が機嫌悪そうに振り返った。画面には、お笑い芸人が映っている。それほど音量は高くない。

「だって、大変なことになってるじゃない」

ドアを閉めると、声を潜めて言った。

「何が？」冷めた声で返される。

そういえば、この部屋では外からの騒ぎが聞こえない。いや、神経を集中させると、わずかに聞こえる。

ラグの上に放り出されたリモコンを取り、テレビの音量を下げる。腰をかがめてゆっくりと窓辺に寄り、ほんの少しカーテンをずらして、音をたてないように鍵を外す。

十センチほど窓を開けた。

「ちょっと、なにしてんの……」

からだを起こし、声を張り上げかけた彩花も、窓に目を向けた。

『うぉー』と雄叫びのような男の声が響きわたり、『助けて！』と女の声が続く。

一階にいたときよりも、大きくはっきりと聞こえる。

「ほら、ね。大変なことになってるでしょ」

二人で外に目を向ける……が、彩花がすっと立ち上がり、窓を閉めた。鍵をかけ、カーテンを隙間なく合わせる。テレビの音量が上げられた。

「ヘンなカッコ。ほっとけば？　向かいからでしょ、あれ」

そう言われ、ようやく気が付いた。叫び声は、向かいの高橋家の主婦、淳子《じゅんこ》のものだ。どうしてすぐに気付かなかったのだろう。いや、当然だ。今までそんなもの、聞いたことがなかったのだから。あの、おっとりした奥様がこんな声を出すなんて。それこそ、ただごとではないのではないか。

「でも、もし、泥棒だったらどうするの？　叫び声を上げたのに、隣近所の皆さんは誰も助けてくれませんでした、なんてことになったら……」

「大丈夫。アーとかオーとか叫んでるのって、タカボンじゃん。ただの親子げんかだよ」

確かに冷静になれば、男の声は高橋家の息子、慎司《しんじ》のものだとわかる。しかし、彼もまた、そんな声を出すような子ではない。

「だって、それでもちょっと、おかしいわよ」

「やめなって。他人の家のもめ事に首突っ込むような、みっともないマネしないでよ。あんたがでしゃばらなくても、そろそろラメポが行くんじゃないの？　ほんっと、オバサンは無神経なんだから」

「そんな言い方しないの。小島さん、いつも親切にしてくれてるじゃない」

「どうだか。ニコニコしてるわりには、目が笑ってないんだよね、あのオバサン。なんか、よそんちのこと探ってやろうって感じ？　さっきみたいにね。ったく、どんな噂が立つんだか」

彩花は鼻先で笑うと、真弓に背を向け、寝転んだ。

噂……。

窓の横、ポスターの残骸が垂れ下がり、がらんとむき出しになった壁を見る。

薄いピンクのチェックの壁紙。少し高いけれど、彩花が気に入ったのなら、これにしようか。その代わり、汚したり傷付けたりしないこと。そんな約束をして選んだはずだった。

無数に走る、引っ掻き傷……。

向かいの家からの声について考えるのは、やめることにした。良かれと思い、勇気を出してとった行動が、相手のプライドを傷つけてしまうかもしれない。それどころか、お宅なんてしょっちゅうじゃないですか、などと言われてしまえば、逆にこちらが恥をかかされることになる。

「早く、お風呂に入るのよ。ママのあとはイヤなんでしょ」

彩花の部屋を出て、下に降りた。家計簿を広げたままのダイニングテーブルに着く。

『お願い！　もうやめて！』

まだ聞こえる。やめてほしいのはこちらの方だ。両耳をふさぐように、頭を抱え込んだ。

わが家の声はこんなふうに聞こえていたのか。

窓を閉めておこう。今さらながらに思い立つ。

『許して、許してちょうだい！』

悲鳴が涙声に変わった。何も聞こえなかったことにしよう。淳子に会っても、大丈夫でしたか？　などと声をかけてはいけない。うるさくしてごめんなさいね、と言われたとしても、何のことかしら、とシラを切ろう。それがここで円満に生活していくための、礼儀というものだ。

泥棒でないのなら、隠れる必要はない。まっすぐ窓辺に向かい、窓に手をかけた。片側のカーテンを開け、今度は向かいの家に焦点を合わせて様子を窺う。だが、高い塀に囲まれた高橋家の様子は、せいぜい二階の部屋に灯りがともっているかどうか、ということくらいしかわからない。

二階の奥の部屋には灯りがともっている。しかし、これはいつものことだ。夜中の二時頃、トイレに起きたときに、ともっているのを見かけたことも何度かある。比奈子《ひなこ》か、慎司、どちらかの勉強部屋なのだろう。姉は大学までエスカレーター式の私立の女子校に通っているから、弟の方かもしれない。

それよりも——やはり、余計なことをしなくてよかった。高橋家のガレージに、車が停まっていた。わが家の車の一・五倍はあるのではないかと思う、ピカピカに磨かれた紺色の外国製の高級車だ。淳子は、自動車の免許を持っていない、と言っていた。大学病院に勤務する医者である、夫の弘幸《ひろゆき》が通勤に使っているらしく、昼間ガレージはからっぽだ。

いくら親子げんかがエスカレートしても、父親がいれば大丈夫だろう……か？

いや、啓介《けいすけ》と一緒にしてはいけない。わが家はあてにならないけれど、高橋家なら大丈夫だ。あまり話したことはないけれど、見るからに威厳がありそうなあの父親なら、子どもも反抗しないはず。それに、比奈子や慎司にしても、彩花に比べれば何倍もものわかりがいいはずだ。癇癪なんて、起こしたこともないのだろう。

引っ越してきた当初、真弓は淳子と顔を合わせるたびに、高橋家の子どもたちのことを褒めた。

優秀な学校に通ってらっしゃるんですね。礼儀正しいですね。すらっと背が高くてうらやましいわ。

それに対する淳子の答えは、いつも決まっていた。

あら、そんな、嬉しいわ。

続きを待ってみるが、それで終わり。褒められたら褒め返すというのが、礼儀ではないのか。子どもを褒めることなど、挨拶のようなものだ。挨拶をされれば挨拶を返す。だが、返ってくるのは、まったく謙遜のない満ち足りた笑顔だけ。

よほどの親バカか。いや、彩花に褒めるところがないのだ。

自分の子どもがよその子よりも優れている、ということを信じて疑っていないのだ。

自慢の子ども。幸せな家庭。

そんな家の親子げんかを真弓が仲裁。それこそ物笑いの種だ。

静かに窓を閉め、エアコンのスイッチを入れた。音が途切れる。

外から飛び込んできた問題の解決策はあっけない。窓なんか開けなければよかったのだ。

午後十一時三十分――。

家計簿を閉じる。毎晩つけている十一時のニュースは、温暖化が家庭経済に及ぼす影響について取りあげていた。

家計が苦しいのは、どこも同じだ。今夜は風があって過ごしやすい、などと自分に言い聞かせながら、エアコンを切り、窓を開けたのは節約のためだった。

たかが一時間あまり我慢したところで、たいした違いはない。自分だけ我慢したところで、二階の四畳半は食事中で本人不在でも、おかまいなしに冷え切っているのだろうし、啓介が帰ってくれば、ただいまの挨拶もそこそこにスイッチを入れるはずだ。それでも、家計簿を出すと、エアコンを切らずにはいられなかった。

たとえ、啓介に嫌味っぽくつぶやかれるのはわかっていても。

暑い暑い。おまえはいいよな、一日中エアコンのきいたところで働いているんだから。

スーパーのパートなど、やりたくてやっているのではない。それでも、夢が叶った代償と思えていた頃は、鼻歌混じりに仕事もできた。どんなに疲れていても、ひばりヶ丘に向かう坂道を上りながら徐々にわが家が見えてくるにつれ、心が軽くなっていくようだった。

ひばりヶ丘。市内で一番の高級住宅地、ひばりヶ丘。ひばりヶ丘に家を建てた。

真弓の夢は一戸建ての家に住むことだった。

貧しい生まれというわけではなかったが、父親が転勤族だったのと、母親の「家族は一緒に住むものだ」という考えとで、アパートやマンションを転々とし、一度も戸建てに住んだことがなかったのだ。

広くなくてもいい。小さな庭のある家で、家庭を築きたい。

そんな夢に少しでも近づくために、短大卒業後、中堅の住宅メーカーに就職した。展示場での案内が真弓の仕事だった。家に対する思いは誰よりも強く、営業部の男性よりも成果をあげた時期があった。

自分の方が仕事ができる。そんな自負があったのか、営業部の男性はどこか頼りなく感じた。どうして、家を持つ喜びをもっとアピールできない。どうして、家が与えてくれる幸せをもっとアピールできない。

そんなとき、展示場を訪れた客が壁を傷つけた。系列の工務店から修理にやってきたのが、遠藤啓介だ。

――展示場で子どもを野放しにするなんて、非常識にもほどがあるわ。

憤る真弓に、啓介は穏やかな口調で言った。

――直せばいいんですよ。きれいなままの家なんて、あり得ないんだから。

現場で働く啓介は、今は独身だが、いつか自分の家を建てるのが夢なのだ、と真弓に語った。家を建てるのは子どもを授かるのと同じことだ。建てたからといって、終わりではない。愛情を持って接し、必要に応じてメンテナンスを施し、大切に住んでいくことによって、本当のわが家になるのだ。

啓介の言葉すべてに共感できた。この人しかいない。

啓介と結婚し、彩花が生まれ、家を建て――自分の人生は想像以上に思い通りにいったのではないか、と思えた期間は、果たして一年あっただろうか。

テーブルの真ん中に置いてある観葉植物の葉に積もったほこりを、指先でふきとる。

大好きな観葉植物も、壁紙も、照明も、テーブルセットも、全部理想通りのものだ。これ以上は何も求めていない。それなのに。

なぜ、心穏やかに過ごせないのだろう。家を持つことと、家族の幸せは別物だというのか……あり得ない。

だが、このくらいでいいのだ。ニュースで見るように、世の中には大変な人たちがたくさんいる。それに比べれば。

癇癪を起こされようと、罵られようと、よそ様から文句を言われず、一日が無事に終了すれば、それで充分ではないか。

ニュースは明るい音楽とともに、プロ野球の話題に切り替わった。

啓介の帰りが遅い。いつもスポーツコーナーまでには帰ってくるのに。

「ナプキン買ってきて」

背後から声をかけられた。彩花が、風呂上がりの濡れた髪をタオルで拭っている。

「あら、ママのじゃダメなの？」

「勘弁してよ、あんな特売品。明日、体育があるんだよ。絶対にダメ」

午前零時前。どうしてこんな時間に、娘の生理用品を買いに行かなければならないのだろう。

「ちゃんと先月言ったでしょ。もうすぐなくなるって。毎日スーパー行ってるくせに、なんで買ってこないのよ」

彩花が甲高い声を上げる。そんなこと言っていただろうか。もしかすると、言っていたかもしれない。生理用品だけではない。朝出るときは、あれも買っておこう、これも買っておかなければと思うのに、夕方仕事が終わる頃には、疲れきって、朝考えていたことなどすっかり忘れてしまう。

「いつものでいいのよね」

銘柄を確認しながら、立ち上がる。言い返しても仕方がない。今から買いに行けばいいだけだ。

「ついでに、アイスも買ってきて。ハーゲンダッツのストロベリーね」

平然と言われる。もしかして、こちらが本当の目的ではないか。だが、それを問いただそうとは思わない。聞いてどうなるわけでもない。まだ風呂に入っていなくてよかった。

使い慣れた手提げバッグを持ち、サンダルをつっかけて、ドアを開けた。

人影が映る。

ハッと息を飲んだが、目の前に立っていたのは啓介だった。

「なんだ、あなただったの、おかえりなさい。今日はまた遅かったのね」

「ああ、ちょっと急用が入って。それより、どこに行くんだ？　こんな時間に」

「コンビニよ。悪いけど、お夕飯、レンジの中に入ってるから、温めて食べて」

「……何かいるもんがあったら、俺が買ってこようか？」

啓介にしては気の利いた言葉だった。だが、いくらなんでも、生理用品を買いに行かせるわけにはいかない。

「いいわ。ついでに、明日のパンも買いたいし」

玄関前の階段を下り、幹線道路に向かう坂道を数歩下った。

ふと、振り返る。

静まりかえった高橋家。二階の灯りはまだともっている。よかった。騒ぎが収まっている。一時的なものだったのだ。それとも、さと子がまた、様子を見に行ったのか。

肩をすくめながら歩き出す寸前、暗がりの中で啓介と目が合った。まあ、と言ったのか、じゃあ、と言ったのか、あわててドアが閉められた。まだ中に入っていなかったのか。四十前のおばさんでも、夜道を一人歩きさせるのは、心配なのだろうか。

なんとなく嬉しくなり、ビールのつまみでも買ってきてあげようか、と足取りも軽く深夜の坂道を下っていった。

午前零時二十分――。

家から一番近いコンビニエンスストア、「スマイルマート・ひばりヶ丘店」は、坂道と幹線道路が合流する角にある。

地方都市の住宅街の片隅に、一晩中開けておかなければならない店など必要なのだろうか。不良のたまり場になってしまうのではないか。昨年のオープン当初はそう危惧したものだったが、あればあるで利用してしまうし、真弓が思うような不良を見かけたこともなかった。

やはり、環境のいいところなのだ。

中に入り、カゴを手に取ると、雑誌コーナーの前に見覚えのある少年が立っていた。

高橋慎司。ほんの一、二時間ほど前、大声を張り上げていたはずの子だ。

マンガ雑誌を立ち読みしている。

この子でもマンガを読むのか。当たり前だ。中学生なのだから。

真弓に気付いたのか、慎司が顔をあげる。誰だっけ？　という顔をして、ああ、と思い当たったのか、「こんばんは」と笑顔で頭を下げた。真弓も「こんばんは」と気後れしながら挨拶を返す。

この子は外に声が聞こえていたことを知らないのだろうか。

淳子には、何も聞こえなかったかのようにふるまおう、と思っていたが、慎司に対しては何も考えていなかった。怪訝な顔をしてしまっただろうか。取り繕うように、明るく声をかけてみる。

「気分転換？　わたしも彩花の夜食を買いに来たの。来年は高校受験だし、お互いがんばりましょうね」

お互い、はマズかったか。まったくレベルが違うというのに。しかし、彩花が中学受験に失敗したのは、小学校が違うから知らないだろうし、公立に行ってるからといってバカにもしていないだろう……。

サイレンの音が響く。

幹線道路を走ってきた一台の救急車が、コンビニ前を通過して曲がり、坂道を上っていった。ひばりヶ丘で何かあったのだろうか。つい、慎司を見てしまう。慎司も救急車を目で追っていたが、たいして気にとめている様子ではない。すぐに、真弓に向き直った。

「ありがとうございます。彩花さんにもお互いがんばろうって伝えといてください。じゃあ、お先に失礼します。夜道、気をつけてください」

笑顔でそう言うと、雑誌を置き、足元に置いていたスナック菓子とスポーツ飲料の入ったカゴを持ち、レジに向かった。しかし、なにやら様子がおかしい。ズボンのポケットを探っている。店員にひと言何かを告げ、真弓の方に戻ってきた。

「うっかりして、財布を忘れてしまったみたいです。すみませんが、千円貸してもらえませんか？　家に帰ったら、すぐに持っていきます」

口調ははっきりしているものの、恥ずかしいのか、頬が少し赤くなっている。その姿は、いつも以上に好感が持てた。

「いいわよ。わたしもよくうっかりすることがあるの」

バッグから財布を取り出して開ける。一万円札が三枚、千円札が見あたらない。先に買い物をしてくずしてから渡そうか。お菓子と飲み物くらいなら、一緒に買ってやってもいい。しかし、中学生の男の子の前で生理用品を買うのは気が引ける。

一万円札を取り出した。

「こまかいのがないから、これを使って。今日はもう遅いから、返してくれるのは明日でいいわ」

慎司が頭を下げ、一万円札を受け取る。

「ありがとうございます。明日の朝、絶対に返しにいきます」

そう言うと、待たせてあったレジで支払いを済ませ、店を出て行った。ドアの前で振り返って会釈し、真弓も笑顔で会釈を返した。

明日の朝、制服姿の慎司が立ち寄ってくれる。少し楽しみだと思った。

午前零時四十分――。

生理用品とアイスクリームと食パンとチーズ鱈の入ったビニール袋とバッグを提げて、坂道を上っていく。いつもは彩花の使いっ走りをさせられたことに理不尽な思いを抱えながら、下を向いて黙々と歩くが、今夜は少し足取りが軽い。星空を見上げる余裕すらある。

もうすぐ七夕。コンサートまで、あとひと月。

彩花も楽しみにしている。もしかすると、ポスターを破ってしまったことを後悔しているかもしれない。ねだられたら、コンサートで新しいのを買ってやろう。

俊介くんの新曲のサビの部分を口ずさんでみる。だが、頭に浮かんできたのは慎司の顔だった。

真弓は以前から慎司に好感を持っていた。私立の中学校に通う、できのいい子、だからではない。笑った顔が少し、俊介くんに似ているからだ。テレビを見ながら、さりげなく彩花にそれを言ったことがある。

――俊介とタカボンが似てる？　はあ？　老眼鏡買えば？

一蹴された。彩花は慎司のことを「タカボン」と呼ぶ。高橋家のおぼっちゃま、という意味だ。比奈子のことは、普通に「比奈子さん」と呼んでいる。

やはり、異性とはいえ、向かいの家に、優秀な私立校に通う同じ歳の子がいるというのは、おもしろくないのだろう。

坂の上から、救急車が下りてきた。さきほど、コンビニの中から見た救急車か。どこの家に停まったのだろう。サイレンの音を聞いていると、自分に関係なくても、胸がざわついてしまう。

赤いランプが後方から迫ってくる。

パトカーが一台、真弓を追い越し、坂道を上っていった。

何かあったのだろうか。頭の中に淳子の叫び声が響いた。はやる気持ちが次第に高まり、小走りで坂道を駆け上がっていった。

パトカーがわが家の前に停まっている。いや、高橋家だ。

救急車も高橋家だったのだろうか。家を出たときよりも、近隣の家に灯りがともっているのは、サイレンの音に起こされた住人たちが、様子を窺っているからだろう。

しかし、外まで出ている人たちはいない……ひばりヶ丘にそんな野次馬などいない。いや、三人いた。スパンコールが光っている。

小島さと子だ。パジャマの上から薄手のカーディガンを羽織り、ポシェットを斜めがけした姿で、大きな門の陰からのぞき見するように立っている。あとの二人は……。

啓介と彩花が玄関の前に立ち、向かいの家を眺めている。

彩花が真弓の姿を見つけた。声を出さずに、おいでおいでと手招きをしている。好奇心に満ちあふれた顔。啓介も真弓に気付く。同じように、手招きをする。しかし、表情は深刻そうだ。

高橋家で何が起こったのだろう。家中の灯りがともり、玄関が開けっぱなしになっている。足を止めて、中をのぞき込みたい衝動に駆られたが、手招きにつられ、そのまま背中を押されて中へ入ると、ドアの鍵をかけられた。

もしかすると二人は、野次馬根性丸出しで外に出ていたのではなく、わたしのことが心配だったのかもしれない。迎えに行った方がいいかな、などと言いながら。

そんなことを思ったのも束の間、彩花が妙にはしゃいだ声を上げた。

「向かいのおじさん、頭殴られて運ばれたみたいだよ」

「ご主人が？　どうして、そんなことがわかったの？」

「だって、救急隊の人が無線でそれっぽいこと言ってたもん。そうしたら、パトカーまで来たし。これって、さっきの大騒ぎのとき起こったんだよね、きっと。てことは、やったのはタカボンでしょ。あたし、てっきり、お母さんとケンカしてるのかと思ってたけど、お父さんとしてたんだ」

「勝手なことを言うんじゃないの。単に、ケガをしただけかもしれないでしょ。それに……」

もしそうなら、慎司があんなに平然とした顔でコンビニにいるはずがない。

「何よ、先に大騒ぎに気付いて、どうしようってあたしの部屋まできたのは、あんたじゃない」

「だって……怖かったんだもの」

「だからって、子どもに頼る？　普通、子どもを巻き込まないようにしよう、って思うのが親じゃないの？」

「そんな……」

「あたしは何にも気付いていなかったのに、あんたが勝手にあたしの部屋に入ってきて、窓を開けたんだからね。あんたが余計なことをしたから、あたしが巻き込まれちゃったんだよ。もし、隣のおじさんが死んじゃったら、それが原因でトラウマになっちゃうかもしれないから。私立、行ってほしいんでしょ。失敗したら、今度もあんたのせいだからね。あたしの人生どう責任とってくれるの」

あんた、あんたと何回繰り返しただろう。彩花の声が徐々に甲高くなっていく。どうしてそこに結びつけるのだろうか。納得できない。啓介を見て、助けを求めた。二人のやりとりをぼんやりと見ているだけの夫。

「いったい何が起こったのか知らないけど、あんまり大きな声出してると、うちまで警察がくるんじゃないか？」

彩花の方を向いてはいるが、目は合わせていない。

どうしてこの人はいつもこうなのだろう。問題の本質には触れず、場所だの、声の大きさだのを引き合いに出して、誰々に怒られるぞ、という言い方をする。

ママに怒られるぞ、学校の先生に怒られるぞ、店員さんに怒られるぞ、あっちに座ってる怖そうなおじさんに怒られるぞ、警察に怒られるぞ。

あんたが怒れ。あんたがいつも責任転嫁をするから、彩花も自分の問題を他人のせいにすればいいと思うようになったのだ。そのしわ寄せをこうむるのは、誰だと思っているのだ。今だって、自分に振られなければ、彩花が癇癪を起こす前に風呂に入ってしまおう、とタイミングを計っていたに違いない。

「オヤジは何にも知らないくせに、口挟まないでよ。どうせ、いても何の役にも立ってなかったんだから。さっさとお風呂にでも入ってきたら?」

彩花にまで気付かれている。えらそうな言い方をされたというのに、啓介はへらへらと笑いながら、「そうだな、彩花はもう入ったのか?」と頭をかいている。

「見ればわかるでしょ」彩花がそっけなく答える。

真弓はため息をついた。とりあえず、今日を穏便に終わらせたい。

「とにかく、今日はもう遅いし、そろそろ休みましょう。明日になれば、お向かいで何があったのかわかるだろうし、きっと、たいしたことじゃないと思うわ」

時計を見ると、もう二時になろうとしていた。彩花もヒートアップするよりは眠気が勝ったのか、二階に上がって行き、啓介も風呂場へ向かった。……無事終了だ。

戸締まりを確認する振りをして、向かいの家に面した窓のカーテンをわずかに開けた。一台しか停まっていなかったパトカーが、二台に増えている。まったく気付かなかった。再び胸がざわつくような感覚に囚われたが、隙間からのぞいていることが見つかると、警察から咎められるような気がして、あわててカーテンを閉めた。

窓を閉めている限り、外の音は入ってこない。

わが家には関係のないことだ。

*

午前七時――。

警察がやってきた。

朝食をとる彩花と啓介をキッチンに残し、跳ね上がる心臓を抑えながら玄関に出た。制服姿の警察官ではなく、県警の刑事だという、スーツ姿の男が二人立っている。年配の方が横山、若い方が藤川と名乗った。

「ちょっとお伺いしたいことがあるのですが」

藤川がさわやかな口調で話しかけてきた。

突然降ってわいたような出来事ではない。明け方まで眠りにつくことができなかった真弓は、万が一、警察に事情を訊かれたときのことを、ずっと考えていた。

うちは窓を閉めていたから、声も音も何も聞こえてきませんでした。

それでは逆に、何か聞こえた、と言っているようなものだ。何も聞こえなかった。何も知らなかった。そう思わせるためには、とにかく何を訊かれても、今初めて聞いた、というふうに驚くことにしよう。

まあ、そうなんですか？

……これがいい。

「奥さん、昨夜、零時過ぎ、コンビニエンスストアに行かれましたよね。『スマイルマート・ひばりヶ丘店』に」

まあ、そうなんですか？　では対応できない。叫び声が聞こえなかったか、不審な様子はなかったか、そういった質問ではないのか。

「ええ、行きました。急に必要なものがあって。ああ、あと、アイスクリームとパンとビールのおつまみを買いました」

きちんと生理用品と言った方がよかっただろうか。「レシートをお見せしましょうか？」と訊ねたが、「結構です」と断られた。警察は真弓の買ったものなど、興味のない様子だ。

「そのとき、お向かいの、高橋慎司くんに会いませんでしたか？」

これもまた、まあ、そうなんですか？　と答えることができない。

なぜこんなことを訊くのだろう。やはり、慎司が何かしたのか。知らない、と言っておいた方がいいのだろうか。しかし、コンビニに行った時間までわかっているくらいなのだから、店員から、慎司と話しているところを見た、という証言があってここに来たのかもしれない。どうしてわたしだとわかったのだろう。防犯ビデオか。いや、ポイントカードだ。コンサートのチケットを予約したときに勧められたが、あんなもの、作らなければよかった。

「会いました」

これだけ答えるのも、ひどくためらってしまう。自分が何か悪いことをして、やりました、と認めているような気分だった。

「そのときの様子をくわしく教えてもらえませんか？」

何が起こって、どうしてこんな質問をされているのか。何も教えてもらえないまま、昨晩の出来事を話すことになった。

娘に頼まれてコンビニに行くと、慎司がマンガ雑誌を立ち読みしていた。慎司は丁寧に挨拶をして、お菓子とスポーツ飲料の入ったカゴを持ちレジに行ったが、財布を忘れたことに気付いて、千円貸してほしい、と言ってきた。しかし、あいにく千円札をきらしていたため、一万円札を渡した。慎司はきちんと礼を言い、お金は明日返すと言って支払いを済ませて店を出て行った。

ドキドキしながら話したものの、終わってみれば、これがどうかしましたか？　という内容のように思えた。

「一万円を渡されたんですね」

横山が言った。

「子どもに貸すには大金ですし、おつりをその場でもらっておく、といったことはされなかったのですか？」

藤川が引き継ぐ。

「お向かいですし、信用できる子なので、そんなことはしませんでした。それに……一緒に支払ってあげようか、とも思ったのですが、生理用品を買わなければいけなかったので、少し抵抗があったんです」

刑事は他にもいくつか質問した。

「慎司くんの服装は？」

「黒いTシャツと深いグリーンのハーフパンツ、っていうんですか、ひざより少し長めの丈の、それを穿いていました。足元は、よく見ていないけど、確か、運動靴だったような気がします。汚れ？　は特になかったと思いますけど」

「店での、慎司くんの様子は？」

「普段からそんなに知っているわけではありませんけど、外で会うと、いつも挨拶はきちんとしてくれるんです。だから、感じのいい子だなって。昨日も、ちゃんと挨拶してくれましたよ。夜道に気をつけて、なんてやさしい言葉までかけてくれたくらいです。もちろん、笑顔で」

「店から出て、慎司くんはどちらに向かって行きましたか？」

「さあ、そこまでは見ていませんけど、家に帰ったんじゃないですか？」

「慎司くんは、徒歩で来ていましたか？」

「だから、そんなところまで見ていませんって。でも、歩きだったと思います。うちもそうですけど、自転車だと行きは下り坂で楽ですけど、帰りはほとんど押して上がらなければいけませんから」

「最後に、慎司くんはお金を返しに来ましたか？」

「いいえ。何かあったようですし……そうでなくても、学校に行くにはまだ早い時間ですし、こんな時間に行っては非常識だと気を遣ってくれているんじゃないですか？　あら、すみません、刑事さんのことではないんです」

二人の刑事は真弓に早朝訪れたことを詫び、礼を言った。なんとか無事終わった。小さく息をつく。

「そうだ。あと昨夜、何かお気付きになられたことはありませんか？」

藤川が言った。

最初に予想していた質問だ。だが、これすらも、まあ、そうなんですか？　では返せない。しかし、これだけ話せば、今さらどうでもいいことだ。早く解放されたい。

「いいえ、何も」

力なくつぶやき、二人の刑事を見送った。

キッチンに戻ると、彩花が興味津々という顔を向けてきた。

「すごい！　向かいのことでしょ？　タカボンの名前が聞こえてたけど、何したって？」

「そんなことは何も。昨日の晩、コンビニで慎司くんに会いませんでしたか？　って訊かれただけ」

「え？　タカボンに会ったの？　なんで昨日教えてくれなかったのよ。そうだ、なんか様子がヘンだったからでしょ。あんたのことだから、知らないフリをしていましょ、とか思ったんじゃないの？」

「違うわよ。いつもとまったく一緒だったからよ。お互い勉強がんばろうって彩花さんに伝えておいてください、とも言われたわ」

「なにそれ、嫌味？」

「いいから早く着替えたら？　遅刻するわよ」

彩花が「はあい」と頬を膨らませて返事をし、洗面所に向かう。癇癪スイッチが朝入ることは滅多にない。だが、それとは別に、今日はいつになく機嫌がよさそうに見える。

新聞を読みながら、二人の様子をちらちらと窺っていた啓介も立ち上がる。

しばらくして、彩花が準備を整え玄関に向かった。玄関まで送り出したりはしない。朝食の片付けをしながら、「いってらっしゃい」と声をかける。ドアを開閉する音が聞こえたが、すぐに再びドアが開き、バタバタとこちらに向かってくる足音が聞こえた。

「ちょっと、すごいよ。向かい、黄色いテープが張られてる。パトカーも停まってるし、ただごとじゃないってカンジ」

彩花に手を引かれて外に出ると、想像していた以上に大がかりな立ち入り禁止のテープが張られ、警察官が入れ替わり出入りしているのが見えた。

「みんなに自慢しちゃおっかな」

彩花が制服のポケットから携帯電話を取り出す。これを写す気か。

「やめなさい。警察の人に怒られるわよ」

声を潜めて注意すると、彩花は軽く舌打ちし、残念そうに携帯電話をポケットに戻した。

「でも、何かわかったら、メール送ってよね」

野次馬根性丸出しの娘に、ため息をつきたくなる。だが、拒否すれば、学校を休む、と言い出しかねない。

「わかった」そう言って送り出した。

午前九時——。
啓介を送り出したあと、真弓はパート先のスーパーに車で向かった。ガソリン代は支給されないが、ひばりヶ丘の住人が訪れる近場のスーパーで働くことを思えば、少々懐が痛むことくらい我慢できる。

平日、しかも、感謝デーの翌日ということで、店はいつになくすいていた。レジに立っているあいだ中、昨夜のことを考えた。

夜、十時過ぎ頃、高橋家から聞こえてきた淳子のものと思われる叫び声。慎司のものと思われる雄叫び。

零時二十分頃にコンビニで慎司に会い、救急車が店の前を通り過ぎていく音が聞こえた。慎司と別れ、買い物をして家に向かったのが、零時四十分頃。途中で救急車とすれ違い、パトカーが追い越していった。

彩花が言うには、救急車で運ばれたのは高橋家の主人、弘幸で、頭を殴打されていたという。

泥棒か。それとも、淳子、比奈子、やはり……慎司？　頭を殴られたのは、あのときなのだろうか。しかし、コンビニで会った慎司からは、大変なことが起こった様子がまったく感じられなかった。では、慎司が家を出ているあいだに、弘幸はケガをしたのか。

ケガ？　そもそも、朝まで警察があんなにいるなんて、余程ひどい状態なのかもしれない。生きているのだろうか……やめよう、縁起でもない。

午後五時——。

上の空で仕事をこなし、家に向かうと、ひばりヶ丘にさしかかったところで、警察官に車を止められた。交通規制が敷かれているらしい。免許証を見せ、住所がひばりヶ丘であることを確認されて、ようやく自宅に向かうことができた。だが、家の前には車の長い列ができている。報道車だ。窓を開け、「車を入れさせてください」と言いながら、ようやく玄関横のカーポートに入れる。外に出ると、報道関係者らしき男が「お話を伺ってもいいですか」と走り寄ってきた。

話を聞きたいのは、こちらの方だ。いや、それよりも、わたしに訊かないでほしい。わたしは関係ないのだから。

無言のまま、玄関への階段を上がり、家の中へと駆け込んだ。リビングからテレビの音が聞こえる。入ると、彩花は満面に笑みをたたえて、テレビ画面を指さした。

「ねえ、すごいよ。殺人事件だよ」

見ると、見覚えのある家が映し出されている。

レトロな洋館のようなデザインの立派な家。

狭い道路を挟んだ向かいの家で起こった事件は、テレビを通じて知らされた。

四日午前零時二十分頃、地元の消防署に「夫がケガをした」と通報が入った。救急隊員が駆けつけると、高橋弘幸さんが後頭部から血を流して倒れていた。事件性があると見た救急隊員は、地元警察署に通報。高橋さんは病院に運ばれて間もなく死亡が確認された。

警察の取調べに、妻の淳子容疑者は「部屋にあった置物で、自分が夫を殴った」と供述。事件当時、同居している長女と次男は留守で、警察では高橋さんと妻のあいだに何らかのトラブルがあったものとみて、調べを進めている。

テレビに映っているのはまぎれもなく高橋家なのに、真弓には、どこか知らない遠い町で起こった事件のように感じた。アイスクリームを食べながらテレビに釘付けになっていた彩花が、コマーシャルに切り替わると、真弓の方を向いた。

「家族が留守って、タカボン、昨日いたよねえ。あの声は絶対タカボンだったと思うし、あんたなんか、コンビニで会ったんでしょ。あたし、ちょっと出て行って、警察にそう言ってこようかな」

「やめなさい。ご主人が亡くなってるのよ。それなのに、声が聞こえました、なんて言ったら、わたしたちが見殺しにしたって思われるでしょ」

「そっか、やっぱマズイよね。何にも気付きませんでしたって言っておくのが、一番無難だよね。きっと、この辺りの家の人、みんなそう答えるんだろうね。別に悪いことなんかしてないのに、嘘つかなきゃいけないなんて、なーんか、やな感じ」

そう言って、彩花は二階に上がっていった。空になったアイスクリームの容器を一度洗ってから、ゴミ箱に捨てる。昨晩、慎司に会ったコンビニで買ってきたものだ。

確かに後ろめたいものはある。

この先もし、高橋家のことを訊かれることになっても、できればそれも避けたいが、当たり障りのないことを答えるのだろう。

仲の良さそうなご夫婦でしたよ、ご主人は立派な方で、奥さんも親切な方で、子どもたちも礼儀正しく明るくて、事件が起こったなんて、まったく信じられません。

むしろ、わが家で起こったと言われた方が、まだ信じられるくらいです。

粘つく指先を見ながら、真弓は、昨夜の透明なフィルムに包まれたように感じた自分を思い出した。あのとき、ドアフォンが鳴らなければ、彩花に何かしていたかもしれない。たった一人の大切な娘のはずなのに、あの瞬間、まったく知らない他人、いや、薄気味悪い珍獣のように見えた。

殺人事件は、わが家で起こっていたかもしれない。

そうだ。きっと近所の人たちは、あの声を聞きながら、わが家で何か起こったと思っていたに違いない。高橋家と聞き、驚いているはずだ。

いったい、あの幸せを絵に描いたような家で何が起こったのだろう。

＊

午前十時――。

家の前は徐々に静かになっている。淳子が自供していることと、近所中の誰に訊ねても良い噂しか返ってこないことで、これ以上おもしろい情報を得ることはなさそうだ、と判断されたのか。

パートは休みだった。真弓がひばりヶ丘に住んでいることを、スーパーの同僚たちは知らない。だが、同じ市内で起きた殺人事件ということで、今日は高橋家の話題で持ちきりになるはずだ。まさか、ひばりヶ丘でねえ、などと噂話に加わるのはまっぴらだった。

休みでよかった。

彩花と啓介を送り出し、一息ついたところにドアフォンが鳴った。知らない顔が映っていたら留守のフリをしようと思ったが、モニターに映っていたのは、さと子だった。外の様子を窺いながら薄くドアを開けたと同時に、小太りのからだを滑り込ませてくる。スパンコールがドアの縁に引っかかり、慌てて全開にした。

今どきの子は、スパンコールを知らないのだろうか。

金色のラメ付きポシェット。彩花はさと子のことを「ラメポ」と呼んでいる。

肌身離さず身につけているようだが、いったい何が入っているのだろう。

「あらあら、失礼。これ、いただきものなんだけど、よかったら召し上がって」

さと子は両手で抱えていたメロンを一つ、真弓に差し出した。だが、そんな用件で来たわけではなさそうだ。

「ちょっと、お時間あるかしら」声を潜める。

玄関で話すのは躊躇《ためら》われ、さと子をリビングに通した。

「大変なことになったわね、怖くて夜も眠れないわ」

紅茶を淹れているあいだ中、さと子はそう繰り返していた。大変なこと、には同意できる。しかし、何が怖いのかは真弓にはわからなかった。

「お宅にも来なかった？　刑事。慎司くんを見かけませんでしたか？　って」

必要以上に声を潜めて、辺りを窺うようにしながら、さと子が言った。

「ええ……」

そんな漠然とした質問ではなかったが、さと子にそれを言う必要はない。

「どうやら、行方不明みたいよ、慎司くん」

さと子は取材に訪れた報道関係者から、根掘り葉掘り聞き出したらしい。

事件当夜、比奈子は同級生の家に泊まりに行き、留守にしていた。昨日から、親戚の家にいるという。しかし、慎司は家にいて、殺害時間帯のみ、ひばりヶ丘のコンビニに行っていた。だが、そこから、行方がわからなくなっている。

自宅には、携帯電話と財布が置きっぱなしになっていたらしい。

「わたしはね、淳子さんは自首したけれど、警察は慎司くんを疑ってるんじゃないかって思うの。お父さんを殴ってしまった慎司くんは、怖くなって、何も持たずにあわてて家を飛び出していった。それって、つじつまが合うと思わない？　でも、お金を持っていないんでしょ。だから、案外、この近くに隠れているかもしれないわ。そう思うと、うちに隠れているんじゃないかって、怖くて怖くて。お宅も戸締まりはしっかりしておいた方がいいと思うわ」

それからひとしきり愚痴をこぼして、さと子は帰っていった。

せっかく二世帯住宅を建てたのに、こんな事件が起こったから、息子夫婦は海外赴任から戻ってきても一緒に住んでくれないかもしれない……。

真弓はさと子の言葉を思い出す。

慎司の行方が、コンビニを出てからわからなくなっている。

財布も携帯電話も持たずに家を出た慎司。皆が疑うように、彼が弘幸を殴り、自分がやってしまったことに恐れを抱いて、突発的に家を飛び出してしまったのだろうか。だが、コンビニで会った慎司はそんな様子ではなかった。勉強の気分転換に、ちょっと出てきただけ。そんなふうにしか見えなかった。

そのあいだに、淳子は夫を置物で殴り、死なせてしまった。

そんな短時間であり得るのだろうか。それとも、コンビニは、慎司のアリバイ作りなのだろうか。いずれにせよ、慎司は家に帰るつもりだったはずだ。財布と携帯電話はあの年頃の子どもにとって、命の次あたりに大切なものなのだから。

しかし、金を手にしたことによって、考えが変わった。

偶然会った向かいの家のおばさんに、千円貸してくれ、と言ったら、一万円を渡された。だから、逃げた……。

慎司が行方不明になったのは、もしかすると、わたしのせいかもしれない。

そんなこととはまったく知らずに、警察に、慎司に一万円を貸してやったことを話してしまった。こいつが金を渡したのか、と思われたはずだ。

何か、罪に問われることになるのだろうか。いや、それどころではない。もし、慎司がこれから、遠い場所で犯罪を行なったら。自殺でもしてしまったら。それも、わたしのせいにされてしまうのではないか。

リモコンを手に取り、テレビをつける。チャンネルを、替える、替える、替える。スウィーツ、映画、ペット、どこものんびりとした話題ばかり。慎司のことはどうすればわかるのだろう。リモコンを置き、両手を合わせてみる。

一刻も早く、何も起こらないまま、慎司が見つかってほしい。

弘幸を殺したのは、本当に淳子。慎司は怖くなって、友だちの家か、親戚の家に逃げ出しただけ、ということであってほしい。

祈ってどうなるというのだろう。窓に目を向ける。鍵もカーテンもしっかりと閉めてある。なぜ、あの夜もそうしておかなかったのだろうか。さと子が来たからだ。彩花が癇癪を起こしていなければ……さと子はチョコレートを持って高橋家を訪れたかもしれない。

開け放した窓から飛び込んできたのは、何だったのか。真弓にはまだわからない。

【七月三日（水）午後七時四十分〜七月五日（金）午前十一時】

第二章　高橋家

午後九時——。

階下から響く声に、鈴木歩美《すずきあゆみ》が眉をひそめる。

『ちょっと、晩ご飯いらないって、どういうことよ』

『いらねーもんはいらねーの』

『もしかして、またハンバーガー食べてきたでしょ』

『うっせーな、俺が外で何食ったって、関係ねーだろ。自分の小遣いで払ってんだから』

『そういう問題じゃないの。ヒロくんは今、成長期だっていつも言ってるでしょ。ママはあんたたちに一番いい献立を毎日考えてあげてるのよ』

「ヤバい。またバトル勃発だ。ったく、友だち来てるときくらい、おとなしくしてくれればいいのに。これ、しばらく続くけど、ムシしちゃって」

高橋比奈子は階下に一瞬だけ耳を傾け、まったく気にならない、というように笑った。

私立女子校の中等部に入学した頃からの友人、歩美の家に遊びにくるのは初めてではない。

料理教室の講師をしているという歩美の母の手料理をふるまってもらったことは何度もあるし、歩美の家族と一緒に食卓を囲んだこともある。

そのときも歩美の母は、ごはんを残そうとする歩美や野菜を残そうとする弟の弘樹に、今聞こえているのと同じような注意をしていた。ビールのアテがみそ汁というのはどうなんだ？と言う歩美の父にも、しじみが肝機能によいことを説明していた。

比奈子自身、「もっとしっかり嚙まなきゃ」と言われたことがある。親からも教師からも叱られたことはなく、よその大人から注意を受けたことは初めてだったが、まったく不快ではなかった。家族全員のことを気にかける母親をうらやましく思ったくらいだ。

「こんなのバトルに入んないよ」

テーブルの上のポテトチップスをつまむ。どうせ一晩で食べきってしまうのだから、袋を全開した方が食べやすいのに、と思うが、歩美の部屋ではそれができない。

「だって、比奈子んちじゃあり得ないでしょ。ママはお上品だし、慎ちゃんだって反抗とかしなそうだし」

「確かに、うちはそういうのないんだけど、ひどいのは向かいの家。慎司と同い歳の女の子がいるんだけど、週に一度はバトル勃発」

静まりかえった夜の住宅街に響く甲高い声を思い出す。

「ひばりヶ丘なのに？」

「関係ないよ。普通の住宅地だもん」

全体をみれば、立派な家や品の良い人たちの割合は他の住宅地と比べて大きいのかもしれないが、向かいの家があれでは、特別なところに住んでいるという気分にはとうていなれない。

「どんな子？」

「見た目は普通。地味ってわけじゃないけど、学校でもあんまり目立たないタイプじゃないかな」

背中を丸めた小動物のような姿を思い出す。

「なのに、バトル？」

「お母さんのことクソババアっていいながら、何かいろいろ叫んでる」

「いるよね、そういう子。内弁慶っていうの？　外ではおとなしいくせに、家に帰ると親にやつあたりしてるんだよね。何が不満なんだろ」

「……受験に失敗したみたい。どうせあたしは落ちたわよー、とか、私立私立ってうるせえんだよ、クソババア、とか叫んでるもん」

失敗した学校が自分の通っているところだということも知っている。比奈子も受験勉強はしたが、それほど苦労はしていない。

「サイアク。黙ってたらわかんないのに、自分で近所の人たちに知らせてるってことじゃん。本人は気付いてないの？」

「多分ね。翌朝、家の前で会ったら、全然フツーに頭下げてくるんだよ。ごきげんよう、って感じで。こっちは笑いたいの我慢するのに必死」

「頭の中で親、殺したり？」

「そうそう、パパが死んだ想像とかしてみるの」

病院のベッドに青白い顔で横たわる父親の姿を思い浮かべる。比奈子の手を握り、立派な大人になるんだぞ、と優しく微笑んで目を閉じる父……。

「ヤバ、ホントに泣けてきた」

テーブルの上からティッシュを抜き取り、両目に当てる。中指で押さえた箇所に、うっすらと涙がにじんだ。

「比奈子ったら、ここで泣く？　でも、わかる」

歩美は数ヶ月前に授業中にネットオークションをしていて、携帯電話を取りあげられたときの話をした。口うるさい学年主任に呼び出されて一時間近く説教を受けたのだが、厚化粧をした顔の中心では鼻毛が一本ゆれていたらしい。

「オバサンになると女捨てちゃうのかな。もう、ずっと頭の中でママ殺してた」

「どんなふうに？」

「不治の病。覚悟を決めたものすごい遺書まで出して、涙がぼろぼろ。そうしたら、あいつ、鈴木さん、それほど反省しているのね、だって」

神妙な面持ちで歩美の肩に手をかける学年主任の姿が目に浮かんだ。

「オバサンて単純」

「でしょ。まあ、笑いを我慢するのって、親殺すのがちょうどいいよね」

歩美は一度、朝礼中に比奈子を殺し、声をあげて泣き出してしまったことがある。笑いを一時的に止めるという目的なのに、友だちや彼氏では、今度は涙を止められなくなってしまうようだ。しかし、歩美が自分のために号泣してくれたことは嬉しかった。

「でも、比奈子はパパなんだ」

「……たまたま、今日はパパだっただけ」

「あたし、パパ殺して泣けるかな？　あーあ、それにしても、オークション、俊介のポスター残念だったな」

歩美がため息をつく——と、いきなりポテトチップスの袋の口を丸め、ベッドの下に押し込んだ。

階下から足音が近づき、ドアが開く。

「お風呂わいてるわよ」

歩美の母が顔をのぞかせた。鼻をひくつかせ、部屋を見回す。

「あんたたち、ポテトチップス食べてたでしょ」

「食べてないよ。このあいだのお昼に食べた臭いが、まだ残ってるんじゃない？」

歩美が平然とした様子で答える。

「なら、いいんだけど。お泊まり会だからって、こんな時間にスナック菓子なんか食べちゃダメよ。夜食にヨーグルトゼリーを作ってるから、お風呂から上がったら二人で食べなさい」

「はあい」

歩美が返事をすると、歩美の母は比奈子に「ごゆっくりね」と笑顔を向けて出て行った。ドアが閉まると同時に二人で顔を見合わせ、苦笑する。おやつチェック奇襲攻撃はいつものことだ。だから、袋を全開にすることはできない。

「あぶないあぶない。でも安心して。他にも隠してるから。ほら」

歩美がベッドの下から、食べかけのポテトチップスの袋と、炭酸飲料のペットボトルを取り出した。

「わたしもいっぱい持ってきてる」

比奈子もバッグを引き寄せ、コンビニの袋を取り出す。

「スマイルマート限定プリン、おいしいよね。夜は長いし、あー、なんかワクワクする。この際、慎ちゃんの模試ごとに泊まりにくることにしちゃおうよ」

「そんなことしてたら、ここんちの子になっちゃう。あの子の学校、模試だらけだもん。ちゃちゃっと受ければいいだけなのに。ナイーブな弟を持つと大変」

一週間前、自室で音楽を聴いていた比奈子に、模試の前日は友だちの家に行ってもらえないか、と言ってきたのは慎司だった。隣の部屋の慎司に気を遣って、充分ボリュームは下げていたつもりだ。模試にしても、三年生になってから初めてというわけではなかったし、これからだって何度もある。

そのたびに出て行けっていうつもり？

そう言うと、今回だけでいい、と言われた。今回の結果をもとに、夏休みの三者面談が行われるから——。

「慎ちゃんはナイーブなところがいいんだよ。ちょっと俊介に似てるし、うらやましい。うちの弘樹と換えてほしいくらい。比奈子の弟だから、頭もいいんだろうし、一家全員で大歓迎だよ」

「そうできたらね……」

慎司が鈴木家の食卓を囲んでいる姿を想像をしてみる。食事のときくらい、ノートを置きなさい。勉強ばかりしてないで、しっかり食べて、からだ動かしなさいよ。そんなふうに言われるだろうか。バスケの試合、お弁当作って応援行くからがんばるのよ、とか。

慎司は今頃、二階の角部屋で勉強机に向かっているのだろうか。明日行われる模試のために。そこまで、思い詰めることはないのに。

——悪かった結果を、姉ちゃんのせいにされたくないんだ。

深夜二時──。

話すことはまだまだあったが、さすがにこの時間になると、スナック菓子をつまむ気にはなれない。大きなあくびをしながら、明日も学校だということを思い出す。お菓子の残骸を片付けて、寝る準備を始めた。

しかし、電気を消し、歩美はベッドに、比奈子はその横に敷いた布団に入った途端、眠気はどこかへ飛んでいってしまう。しばらく黙ってじっとしていても、まぶたはまったく重くならない。

「比奈子、寝た？」

「全然」

お泊まり会第二ラウンド開始だ。電気を消したまま、からだを起こし、枕を抱えて向かい合う。

「比奈子、このあいだ告られた子どうすんの？」

「断ろうかな」

「なんで？　もったいない。けっこうかっこよかったじゃん」

「でも、バカっぽい」

「やっぱ、そこか」

比奈子は理想が高すぎる、その原因は、父親が医者で兄も有名大学の医学部に通っているからだ、と歩美はよく言うが、あまり自覚したことはない。ただ、常識レベルが同じくらいの彼氏でなければ一緒にいてもつまらないのではないか、と思うだけだ。

「歩美だって、料理にうるさいでしょ」

「つい、ママのと比べちゃうんだよね」

普段は弁当のため、学食を利用することはたまにしかなかったが、どのメニューもわりとおいしいと比奈子は感じる。他の生徒たちの評判もよい。だが歩美は、何を注文しても少し首をひねりながら食べていた。

「世間のレベルと比べたら平均以上のものでも、けっきょく、家庭基準になっちゃうんだよね。それって、ある意味、大変かも」

暗闇にピンクの光がともり、音楽が流れ出した。

「わたしのケータイ」比奈子がテーブルの上から携帯電話を取る。「……ママからだ」

通話ボタンを押す。

「ママ？」

『もしもし、高橋比奈子さんですか？』

男の声だった。返事をしていいものか……黙って次の言葉を待つ。

『S警察署の者ですが、高橋淳子さんの携帯電話から、娘さんの比奈子さんの携帯電話番号にかけさせていただいているんですけど、ご本人でしょうか』

話し方は丁寧だ。だが、いきなり警察と言われても、用件が思い当たらない。頭に〈おれおれ詐欺〉という言葉が浮かんできた。

「どうしたの?」

歩美が小声で訊いてくる。

「男の人の声で、警察、だって。無視して切った方がいいかな」

「あたしが出ようか? 前にも、家にかかってきたイタ電、撃退したことがあるんだ」

おもしろそうに、歩美は比奈子の手から携帯電話を取った。

「お電話かわりました」少し気取ってオバサンじみた声を出す。

歩美お得意の学年主任の物まねだが、比奈子はこれを聞くと、いつも、自宅の斜め向かいに住む、小島さと子を思い出す。電話用のワントーン高くした声はさらによく似ている。庭の水やりをしていたさと子が、派手なポシェットから黒い携帯電話を取り出してしゃべり始めたときと同じ。さと子も詐欺の撃退は得意そうだ。

しかし、歩美は黙ったままだった。

「それ、本当ですか?」

物まねの声ではない。歩美は携帯電話を片手に立ち上がり、電気をつけた。どうなっているのだろう。この家の住所や電話番号を言い、郵便局の角を左に曲がって、などと細かく説明しているが、大丈夫なのだろうか。

心配そうに見ていると、歩美が電話を切った。

「比奈子、大変。パパ、病院に運ばれたんだって。警察の人が今から迎えにきてくれるから、早く準備した方がいいよ」

それこそ、騙されているのではないか。電話の内容を詳しく訊こうとしたが、歩美は部屋を出て行った。「パパ、ママ、起きて」と大声を出している。

とりあえず着替えることにした。制服と普段着、どちらに着替えればいいのだろう、と一瞬悩み、バッグの中からTシャツとジーンズを取り出した。ポテトチップスの臭いがしみついている。

父親が病院に。それはいつものことだ。しかし、運ばれたと言っていた。帰宅途中に事故にあったのだろうか。

フロントガラスの割れた紺色の車を想像することはできたが、怖ろしくて、その中にいるはずの父親の姿を想像することはできなかった。

荷物をまとめて一階に降りると、家族全員が起きて、心配そうに比奈子を見ていた。

「あたし、一緒に病院行こうか?」歩美が言った。

「子どもたちだけで行くなんて、わたしも行くわ」歩美の母が言った。

「女ばかりで行っても、不安だろうし、ぼくも行くよ」歩美の父が言った。

三人が比奈子を見る。一人では不安だが、深夜の病院にぞろぞろと賑やかな一家がついてくることにも抵抗があった。

「バカじゃねーの。こんな時間に関係ないヤツらが行っても、迷惑かけるだけだろ」

弘樹だった。歩美が何か言い返そうとしたが、歩美の母が「そうね」と同意する。

「病院に行けばご家族も待っているんだし」歩美の父も言った。

「ごめんね。あたしたちが慌てたら、比奈子が不安になるだけだよね」歩美が言った。

首を横に振り、「ありがと」とつぶやくと、涙がこぼれそうになった。

ドアフォンが鳴る。全員で玄関まで行くと、制服姿の女性警察官が立っていた。

「お世話になりました」

頭を下げ、靴を履く。

「いつでもいいから、メールして」

歩美が比奈子の手を握った。その手を強く握り返し、鈴木家を後にした。

パトカーの後部座席に座り、車が走り出してから、警察官の背中越しに訊ねてみた。

「パパは大丈夫ですか？」

「詳しいことは、病院に到着してから担当の者が説明します」

事務的にそう答えられただけだった。

父親は大丈夫だろうか。母親と慎司はもう病院にいるのだろうか。兄の良幸《よしゆき》には連絡したの
だろうか。だが、関西に下宿している兄は、駆けつけるとしても夜が明けてからになるだろう。

それとも、警察は遠くに住んでいても迎えに行ってくれるのだろうか。

家族が事故にあったからといって、わざわざ警察が友人宅まで迎えに来てくれるなんて知らなかった。電話で知らせてくれたのも、警察だ。

きっと、母親は取り乱していたに違いない。それなら、慎司がかけてくれればよかったのに。まさか、明日が模試だからといって、家に残って勉強しているということはないだろう。

——パパ、死んじゃった。（送信）
——あたしにできることがあったら、何でも言ってね。（受信）
——なんだか、ママのせいみたい。でもよくわかんない。パパにもママにもわたしはまだ会わせてもらっていないから。おまけに慎司は行方不明。お兄ちゃんには電話がつながらないし。家族バラバラ、わたしはおばさんちで待機。……って、何を待てばいいんだろうね。
とりあえず、警察も、今夜伝えるのはどっちかにしてくれればよかったのに。なんだか自分の立場がわかんなくて、どうすればいいのかわかんない。パパが死んだ、って思いきり泣く時間くらい作ってほしかったな。（削除）

＊

午前十時——。

病院で夜を明かし、警察署に行った後、比奈子は叔母の田中晶子《たなかあきこ》と一緒に、晶子の自宅に向かった。ひばりヶ丘から海岸に向かい、自動車で三十分下った辺りの住宅街にある。軽自動車の助手席に比奈子を乗せ、国道を走っていた晶子は、住宅街にさしかかる少し手前で、「フレッシュ斉藤」というスーパーマーケットの駐車場に入り、建物のすぐ手前に車を停めた。

「ここでパートをしてるの。ちょっと事務所に寄るけど、何かついでに買ってきてほしいものとかある？」

シートベルトを着けたまま、比奈子は黙って首を横に振る。

「食べたいものとかは？」

もう一度同じように首を振ると、晶子はバッグを取り、車を降りた。客用の自動ドアから入っていく。そのままぼんやりと、ガラス張りで見通しの良い店内を眺めた。

客はパラパラとしか見えない。平日の午前中から買い物客がいるということに少し驚いた。この人たちの肩書きは何なのだろう。

母親はいつも、夕方四時頃、ひばりヶ丘のバス停前にある「ホライズン」というスーパーで買い物をしていた。小学生の頃は学校から帰ると、慎司と一緒に付いていったが、「お夕飯、何食べたい？」と訊かれ、答えようと見上げた母親の顔が、いつも慎司の方を向いていることに気付いた頃から、一緒に行くのを避けるようになっていった。

この時間に買い物にくるということは、一緒に来たがる子どもがいない人たちなのかもしれない。

自動ドアの横に大きなポスターが貼ってある。黄色い画用紙に、赤いマジックで書かれた手書き文字、玉子一パック八十八円。この値段はものすごく安いのではないか、という想像はついたが、「ホライズン」の玉子がいくらなのかはわからない。

事務所と言っていたが、晶子は何をしに行ったのだろう。しばらく休むと伝えに行ったのだろうか。理由を訊かれて……姉が夫を殺したから、とは答えないだろう。

あれ？　あの人……。

ガラス越しに、見覚えのある顔が目に留まる。赤いエプロンを着け、買い物客らしき老人のカゴを、レジから窓際のカウンターに運んでやっている。

向かいのおばさんだ。こんなところでパートをしていたのか。向かいの家で殺人事件が起こっても、普通に働いているものなのか。それとも、何も知らないのだろうか。

もし、自分なら……。向かいの家で殺人事件が起こっても、やはり、普通に学校に行っているのではないかと思う。休む理由がない。しかし、今の自分にも、休む理由がないのではないか。父親の遺体が帰ってくるのは少し先になると、警察は言っていた。葬儀もそれからになる。

カゴを置いた遠藤真弓が、視線を駐車場に向けた。同時に比奈子は前かがみになり、顔を伏せる。なぜ、とっさに隠れてしまったのだろう。後ろめたいことなど、何もないはずなのに。

晶子が玉子の入ったレジ袋を提げ、戻ってきた。そのまま車に乗り込み、顔を伏せている比奈子を一瞥《いちべつ》したが、黙ったままエンジンをかける。比奈子がそっと顔をあげると、真弓はぼんやりと遠くを見つめるようにレジに立っていた。

晶子の家に着くと、玄関横のリビングに通された。比較的近くに住んでいる叔母の家なのに、築五年のこの家を訪れるのは二度目だった。母親と晶子の仲が悪いわけではない。祖父母のいない親戚付き合いなど、この程度なのだ。

「とりあえず、何か食べよっか。疲れてるだろうし辛いとは思うけど、こういうときこそ、なるべく普段と同じことをしなきゃ。二人だし、インスタントラーメンでいい？」

黙って頷く。食欲はないが、だからといって他にしたいことはない。眠れる気もしなかった。非日常的な事実を受け入れるためには、まずは日常的な行動をとった方がいいのだろうか。しかし、インスタントラーメンは比奈子にとって日常ではなかった。

母親が食卓にインスタント食品を上げたことは、一度もない。家族でラーメン店に行ったことはあったが、それすらも片手で数えられるくらい。中学生になり、インスタント食品が全面禁止だという歩美と二人で、両親の留守中、こっそりと初めてカップラーメンを食べたことがある。

　こんなにおいしい食べ物をなぜ禁止するのだろう、と二人で夢中になって食べ、恋しくなった頃にまた食べよう、と約束をした。それ以来、カップラーメンは三ヶ月に一度くらいの割合で食べているが、袋に入ったインスタントラーメンは初めてだ。

「玉子どうする？」

　キッチンカウンター越しに、晶子が訊ねてきた。

「わたしはいつも、そのまま割って入れてるんだけど、姉さんは溶き玉子にして入れるのが好きだから、比奈ちゃんもそっちかな」

　姉さんとは誰のことだろう、と一瞬考えてしまう。

「ママ、インスタントラーメンなんて、食べてたの？」

「そっか、昔のことよね。ほら、うちは両親が二人でお店してたでしょ。だから、休みの昼は姉さんがいつも作ってくれてたんだけど、子どもだったから、ラーメンばかりだったの」

　目の前にラーメンが置かれた。みその香りのするスープに黄色いふわふわの玉子が浮いている。晶子も向かいに座った。二人で両手を合わせる。

「おいしい。わたしも、休みの昼はこういうの作ってほしかったな」

「姉さんはどんなものを作ってくれてたの？」

「昼間から、わりと手の込んだもの。魚とか野菜を使ったメニューが多かったかな。ＤＨＡとか、クエン酸とか。頭がよくなるメニューなんて、笑っちゃう」

「比奈ちゃんや慎ちゃんのこと、ちゃんと考えてくれてたのよ。……比奈ちゃん、家の様子はどうだったの?」

「普通」

そう言って、口いっぱいにラーメンを頬張った。ため息を一度つき、晶子も箸を持ち直した。二人でラーメンをすする。スープを飲もうとすると、頭の中で声が響いた。

あんなもの飲み干すなんて、信じられないわ。脂と塩のかたまりじゃない。

歩美の母だ。鈴木家で夕飯をごちそうになりながら、テレビを見ていたときだった。有名ラーメン店のスープを、お笑い芸人が両手でどんぶりを持ち上げ、ごくごくと飲み干している様子を見ながら、嘆くように言っていた。だが、おかまいなしに弘樹は、部活の後の一杯が美味いんだよな、と言い、歩美の父も、飲んだ後も美味いんだ、と言っていた。

あんたたちったら、と歩美の母は愚痴りながらも、でも確かにおいしそう、とつぶやき、それを聞いて、歩美と比奈子は笑った。

高橋家では食事中、テレビはつけない。この家でもテレビはついていない。母方の祖父母がそういう方針だったのだろうか、と考え、思い直した。部屋に入ったとき、晶子はレジ袋をテーブルの上に置き、そのまま、そこに置いてあったリモコンに手を伸ばした。だが、スイッチは入れず、レジ袋を持って、キッチンスペースに入っていった。

テレビをつけるのを、ためらったのだ。わが家の出来事も、テレビに出るのだろうか。

最近見た殺人事件のニュースを思い出す。引きこもりの男性が父親を刺し殺したという事件。殺害現場となった場所、被害者の写真、加害者の写真、近所の人たちの証言。

わが家の場合だと、家の映像、父親の写真、母親の写真、近所の……向かいのおばさんは素知らぬ顔をして、パート先のスーパーにいた。

晶子と真弓は親しいのだろうか。晶子はパートの同僚が姉の向かいの家に住んでいるということを、真弓はパートの同僚が高橋淳子の妹だということを知っているのだろうか。

箸を置くと、晶子が比奈子のグラスに麦茶をつぎ足した。

「ねえ、比奈ちゃん。小さなことでもいいから、わたしに話して。姉さん、お義兄さんに暴力をふるわれていたとか……」

「パパはそんなことしない！　家族みんなに優しかったもん」

つい、大声を張り上げてしまう。だが、晶子が引く様子はない。

「子どもたちの見えないところで、何かもめていたかもしれない」

「そんなことない。パパが大きな声出すのなんか、聞いたことないし」

「じゃあ、何でこんなことが起こったの？　警察は何も教えてくれないし、手がかりがわかるのは、比奈ちゃんしかいないのに。そうだ、慎ちゃん！　慎ちゃんのことで何かもめてたってことはない？　ほら、来年は高校受験でしょ。お義兄さんが慎ちゃんに、医学部に強い学校に行けってプレッシャーかけていて、姉さんはそれをかばって口論になった、とか」

「パパは慎司にそんな期待してなかった。好きなことすればいいって、わたしにも慎司にもいつも言ってくれてた。何でもいいから、とにかく夢を持たなきゃダメだって。それを叶えるためなら、どんな協力でもするぞって」

「それじゃないの？　今の子たちって、夢を持て、なんて言われると、ものすごくプレッシャーに感じるっていうじゃない」

「いい加減にしてよ。そんなにパパを悪者にしたいの？」

「違う。姉さんが人を殺すだなんて、信じられないの。口論になったくらいで、物をふりまわすような人じゃないでしょ。それ以前に、口論にもならないわ。きっと、何かある、わたしはそう信じてる。親もいないし、たった二人の姉妹だもん。姉さんの味方はわたしたちしかいないのよ」

それは、加害者の身内の考え方だ。比奈子にしても、母親がもしも見知らぬ中年男を殴り殺してしまったのなら、襲われそうになったのかもとか、脅されていたのかもとか、母親を擁護できる動機を考えていたかもしれない。

しかし、被害者は比奈子の父親。晶子のような気持ちにはなれない。むしろ、冷静になっていくにつれ、母親への憎しみが徐々に膨らんでいるような気がする。

「比奈ちゃん、お父さん好きそうだもんね。顔もよく似ているし、雰囲気もよく似ている。それじゃあ、もしお父さんを殴ったのが慎ちゃんだって言われたら、何か思い当たることある？」

「……わからない」

つぶやくように答えた。今はまだ、晶子のようにいち早く真相を解明したい、という気持ちにはなれない。しかし、警察から聞かされたことを理解できないほど、取り乱しているわけでもない。ただ、心の奥底に慎司を疑う気持ちは、母親が殺したと聞いたときから、あった。

「慎ちゃんの勉強の邪魔にならないように、友だちの家に行っていたんでしょ。お義兄さんは進路のこと、慎ちゃんの好きにしていいって言ってたかもしれないけど、慎ちゃんは、そうは言ってもやっぱり医学部に行ってほしいと思ってるはずだ、って自分を追いつめていたんじゃないかな。今日は何の科目を受ける予定だったの？」

「数学と理科」

「ほら、やっぱり、理系科目じゃない。医学部を意識してたってことよ。お義兄さんに、勉強がんばってるか、とか声をかけられただけで逆上しちゃったのかもしれない。姉さんは慎ちゃんをかばっているんだわ。母親ってそういうものだと思うし、姉さんの性格なら充分に考えられる。何より、慎ちゃんが行方不明っていうのが、一番の証拠じゃないの？」

行方不明というところに力を込めて言うと、晶子は立ち上がった。空になった自分のどんぶりの上にスープの残った比奈子のどんぶりを重ねる。そのついでのようにリモコンを手に取り、スイッチを押した。

二人でおそるおそる画面に目を向けると、軽やかな音楽とともに、チキンと季節の野菜をトマトソースで煮込んだ料理が大きく映し出された。

比奈子の好きな、母親の得意料理だった。

——比奈子、大丈夫？　手伝えることがあったら、何でも言ってね。（受信）
——ありがと。今おばさんち。ラーメン食べたら、元気でちゃった。溶き玉子みそラーメン、メチャ美味っ！（送信）

午後九時二十分——。

風呂から上がり、二階の客間に戻ろうと階段に足をかけたが、上がったことを告げておいた方がいいだろうか、とリビングに向かった。

ドアに手をかけると、叔父の声がした。

食品会社に勤務している叔父は、夕食前に帰宅し、三人で一緒に食卓を囲んだ。比奈子に、大変だったね、とは言ったが、事件のことにはまったく触れず、会社の愚痴をこぼしながら、比奈子と晶子を笑わせた。知らないということはないだろうから、気を遣ってくれていることはすぐにわかったが、くだらないオヤジギャグに素直に笑うことができた。——が。

「やっぱ、テレビに出ちゃったな。これって、お義姉さんの家じゃないの？　気持ち程度のモザイクかけてるけど、まるわかりじゃないか。近隣では有名な高級住宅地、だってさ」

ドアを開けることはできなかったが、テレビに映っているわが家を想像することはできた。吐き気がこみ上げてくる。からだの中を素手でえぐられるような気分。どうか、汚さないでほしい。

レトロな洋館といった佇まいの家を、比奈子は成長するにつれ、オシャレだと感じるようになっていた。医者と建築家、どちらになろうかかなり迷ったという父親が、知り合いの建築士と一緒にデザインしたものだった。

自分がもう一人いたら、絶対に建築家になっていたよ。

それを聞いたのは、高等部に進級してまもなくの頃だった。比奈子の通う私立の女子校は大学まであるが、建築学科はない。一年生の終わりに提出した進路調査票には、外部受験に丸をつけた。理系科目は苦手ではない。

「おいおい、これ、俺たちの結婚式のときの写真じゃないのか？　ったく誰が提供したんだよ。縁起悪い」

「知らないわよ。でも、知り合いの誰かってことなのよね」

「あの子、いつまでうちにいるの？」

「しばらくは、ここで面倒見てあげたいんだけど」

「勘弁してくれよ。お義兄さんの親戚の方でどうにかなんないの？」

「学校に通えるところにはいないみたいだし、休んでるあいだだけにしても、居づらいんじゃない？　向こうにしてみれば身内が殺されたんだから、姉さんのことを恨んでいるかもしれないし、それが比奈ちゃんに向いてしまったら、かわいそう」

「うちは、加害者の身内だから大丈夫、ってわけか？」

「そんな言い方……。あなたも、姉さんのこと知ってたら、わかるでしょ。人殺しなんてできる人じゃない、って」

「それほど交流なかったじゃないか。貧乏人とは関わりたくないって感じでさ。俺が慎ちゃんとバスケの話してるときも、低レベルな会話だわって顔してたぞ」

「わたしね、お義兄さんを殴ったのは慎ちゃんだと思うの」

「それは、俺も考えたな。どちらかというと、そっちの方がマシだし。まだ、見つかってないの？」

「連絡はないわ。……でも、時間の問題でしょうね。だから姉さんがかばっていても、慎ちゃんが見つかれば容疑も晴れると思うわ。慎ちゃんが犯人なら、それはもうお義兄さんと慎ちゃんの問題でしょ。姉さんだって被害者かもしれない」

「でも、もうお義姉さんの名前が出てるしな。名字が違っていても、昔の知り合いなんかは、すぐに気付くんじゃないのか？　地元じゃないだけマシだけどさ、それよりも、あの子がいる時点でアウトだろ」

「じゃあ、どうすればいいのよ」

「とにかく大切な時期なんだから、これ以上巻き込まれないようにしないとな」

足音を忍ばせて、ドアから離れた。涙は出てこない。

巻き込まないでほしい、と思うのは当たり前だ。では、自分の立場はどうなのだろう。加害者でもなく、被害者でもなく、事件現場にいた当事者でもない。だが、巻き込まれたとは言えない。家族なのだから。

警察で昨夜からのことを訊かれた際、歩美の家にいたことを伝えた。そもそも、歩美の家まで迎えにきてくれたのだから、比奈子が泊まっていたことは確認できているようなものだろうが、改めて、歩美の家に話を訊きに訪れているかもしれない。

歩美も、その家族も、事件に巻き込まれたと思っているだろうか。これ以上関わりたくないと思っているだろうか。

明日は担任がここを訪れることになっているが、学校側も、面倒なことに巻き込まれたと思っているだろうか。

——歩美、いろいろ迷惑かけて、ゴメンね。(送信)

——何度電話しても出ないからメールにします。警察からは、もう連絡行った?

わたしは晶子おばさんちにいるけど、なんだかもう、最悪。おじさんは自分が殺人犯の親戚だとバレるのがイヤで、わたしを追い出したがってる。まあ、当然だよね。もしわたしがここの家の子なら、おじさんに賛成してると思う。

晶子おばさんはどうにかして、犯人はママじゃないとか、正当防衛とか、そういう方向に持っていきたがってるみたい。慎司犯人説まで挙げてる。おばさんにとってはそっちの方がいいよね。姉が人殺しより、甥っ子が人殺しの方が、少しばかり他人ってことになるんだもん。

それでいくと、わたしも慎司が犯人の方がいいかな。両方家族とはいえ、ママの血は受け継いでいるけど、慎司は同じ親から生まれてきただけじゃない？　材料に不備があったら、製品であるわたしにも不備が見つかりそうだけど、製品に不備があるのは、それだけが不良品って考え方ができるもん。

そうなると、お兄ちゃんはママが犯人の方がいいのかな。

でも、世の中の人はそんなに深く考えないか。

家族は家族。それなら、誰かよその人に迷惑かけたわけじゃないんだし、わざわざ世間に公表しなくたって、そっとしておいてくれればいいのにね。なんで、わたしたちのことを知らない人にまで、わが家で起こったことを知らせなきゃいけないんだろう。わたしやお兄ちゃんのことなんて、ちっとも考えてくれてないよね。

もしかして、慎司はそれが怖くて逃げ出したのかな。あの子、ナイーブだから。ケータイも財布も持たずに、どこ行っちゃったんだろう。

とりあえず、疎ましがられてまでここに置いてほしいわけじゃないので、明日、家に帰ります。できたら、お兄ちゃんにも帰って来てほしい。(送信)

＊

午後一時――。

晶子の軽自動車が裏門前に停まった。私立S女子学院高等部はひばりヶ丘から徒歩二十分のところにある。比奈子は車から降り、終わったら連絡するね、とドアを閉めた。晶子には先生に言われたからと、担任には叔母さんに言われたからと言って、比奈子から学校を訪れることを申し出た。

担任の大西祐美子が辺りを窺うような様子で門の陰から出てきた。車から降りようとする晶子を比奈子が片手で制すると、担任は挨拶もそこそこに比奈子を構内へと促した。

五時間目の授業時間のため、廊下でクラスメイトに出くわすことはなかった。大学を出たばかりの担任は、自分の受け持つ生徒たちに、普段から友人のようにべたべたと接してくるが、今日はまだ一度も目を合わせてこない。

無言のまま足早に歩く担任の背中を見ながら、考える。

どちらとして扱われているのだろう。殺人事件の被害者の家族か、加害者の家族か。

多分、加害者の方だ。父親が殺されただけなら、この若い女性教師は比奈子を見た途端、涙を流しながら抱きついてくるはずだ。

比奈ちゃん、元気だしてね。わたしたちがついているから、と。

職員室横の進路指導室に通されると、座っていた学年主任が立ち上がり、まっすぐ比奈子に近づいてきた。

「このたびはご愁傷様でした。突然つらいことが起こって大変かもしれないけど、まずはゆっくりと心を落ち着けるのよ」

目を合わせてそう言うと、比奈子の背を押し、ソファに座らせた。向かいに教師二人が並んで座ったが、比奈子は学年主任の方へからだを向け、目を合わせた。

一親等の親族を亡くした場合、五日間、忌引きが適用される。そう言われると、父親は何かの病気で亡くなったような気分になった。忌引きが明けるとすぐに期末考査が始まり、そのまま夏休みだ。長い休みが終われば、何事もなかったかのように、学校生活を送ることができるのだろうか。

「わたし、退学になったりします？」

「そんなことにはならないわ。このたびの件で学校が心配しているのは、高橋さんが二次被害者になること。わたしたちは、あなたがこれまでと変わらない学校生活を送れるよう、全力でサポートしていくつもりよ」

「あと一年半ですね。このままここの大学に行くことにしてなくて、よかった……」

建築家になるために工学部を目指していることは、誰にも言っていない。外部受験を選択したことだけは、担任から母親に伝わった。母親は、せっかく大学まである学校に合格したのだから、わざわざつらい思いをしなくてもその中にある学部を選べばいいのに、と言ったが、夢を叶えるための受験勉強など、まったく苦ではなかった。

模試の志望校の欄に有名大学の建築学科の名前を挙げ、その結果をさりげなく父親に見せようと思っていた。驚いてくれるだろうか。喜んでくれるだろうか。

だが、もういない。では、亡き父のために……？

こんなことになって進学などできるのだろうか。進学だけではない、就職も結婚も。この先、普通の人生が送れるのだろうか。知らない町に行き、人混みに紛れれば大丈夫なのだろうか。何もしていないのだからと、堂々と生きていけるのだろうか。

これでは……晶子や担任と同じだ。他人がどのように評価するか、ではなく、自分自身が加害者の身内という意識になっている。

「大西先生からも」

学年主任に促され、担任が顔をあげた。だが、視線は比奈子の向こう側、参考書が並べられた本棚の辺りをさまよっている。

「今はまだ混乱していると思うし、ゆっくりと休むことが大切だと思うの。クラスのみんなも心配してるし、わたしに何かできることがあったら、相談して。メールでもいいから」

これが、標準的な世間の反応なのだろう。

比奈子はポケットの上から携帯電話を握りしめた。


――先生、親友の歩美からメールが届きません。ニュースを見たからでしょうか。友だちはたくさんいるはずなのに、誰からもメールが届きません。（削除）

午後二時半――。

学年主任と担任に見送られ、六時限目の授業が終わる前に、学校を出た。幹線道路沿いを歩く。ふと立ち止まり、道路沿いの店のウインドウに映る姿を見た。

こんなに背中を丸めていたなんて。まるで、向かいのあの子みたい。

ひばりヶ丘に近づくにつれ、鼓動が速くなっているのは気付いていた。テレビ局や週刊誌のリポーターが、隠れて自分の姿を追っているのではないか。すれ違う人たちがみんなこちらを見ているのではないか。殺人犯の娘が歩いていると、石でも投げようとしているのではないか。

――だが、視線は感じない。辺りを見渡しても、誰も比奈子など見ていない。思うほど、大きな騒ぎになっていないのかもしれない。

卑屈になることなど、何もないのだ。意識して背筋を伸ばし、まっすぐ前を向いて歩く。あの坂を上れば、ひばりヶ丘だ。その前に、コンビニエンスストアに入った。

スマイルマート・ひばりヶ丘店。

「あれ、比奈子さん」

カップラーメンの棚の前に立っていると、横から声をかけられた。遠藤彩花だ。

「こんにちは」

そう言って、棚に目を戻したが、彩花は立ち去ろうとしない。

「なんか、大変ですね。お買い物ですか?」

ペットボトルのお茶とスナック菓子が入った比奈子のカゴをのぞきこんでくる。いつもは挨拶をしてやると、照れたように目を伏せて足早に去っていくのに、今日はやけに馴れ馴れしい。

「カップラーメンだったら、あたし的には、この、みそ豚骨がおすすめですよ」

彩花は棚に手を伸ばしながら、さらにからだを近づけてくる。そして――。

「ここヤバいですよ」声を落として言う。「それとも、聞き込み、とか」

無視して立ち去ろうかと思ったが、思いがけない言葉に足を止めた。

「何の?」

「知らないんですか? そっか、あのときいなかったんですよね。でも、警察に聞きませんでした? タカボ……慎司くん、事件が起こったときここにいて、それから行方不明になってるって。うちの母親なんか、そのとき会っちゃったみたいで、いろいろ訊かれてましたよ」

彩花は周りの様子を窺いながら、深刻そうに話しているが、どこか楽しげに見える。不快ではあるが、気にしている場合ではない。

慎司がコンビニで彩花の母親と会った？

慎司は事件当時、家にいなかった。母に、気分転換にその辺りを歩いてくる、と言って出ていったらしい。その間に母親と父親は一階のリビングで口論になり、母親は飾り棚にあったトロフィーで父親を後ろから殴った。慎司はそのまま行方不明になっている。

これが警察から聞かされた、比奈子の知っていることすべてだった。

「ねえ、どこかで話せない？」

防犯ビデオや店員の視線など、先ほどまでまったく意識していなかったのに、すべてがこちらを向いているような気がしてきた。

「しょうがないなあ。もうすぐ期末テストなのに」

彩花が迷惑そうに顔をしかめる。

どうせ勉強なんかやらないくせに、という言葉は飲み込んだ。

彩花を連れて、幹線道路と交差する坂道を、ひばりヶ丘と反対方向に下り、カラオケボックスの一室に入った。

「比奈子さんもカラオケとかするんですね。意外。何か一曲歌います？」

彩花がはしゃいだ様子で室内を見渡している。彼女こそ初めてなのかもしれない。友だちはいないのだろうか。

ここへくるまでのあいだ、学校が早く終わったの？　と訊ねると、熱っぽいから早退した、と言われたが、まったくそんなふうには見えない。おごるから、と言うと、はりきってコーラとフライドポテトの大盛りを注文した。

事件のことを聞き出すために彩花を誘ったものの、目の前のフライドポテトがなくなるまで一緒にいるのは憂鬱だった。必要なことだけ訊いて、すぐに終わらせよう。

「あの晩、何かおかしなことはなかった？」

「具体的にどういったことですか？」

とぼけたような顔を向けられる。

「言い争ってる声がしたとか、物音がしたとか」

「特に何も。そういうのって、家の中まで聞こえてくるのかな」

大袈裟《おおげさ》にそっぽを向く。

「いつも筒抜けじゃない」

「それって、うちのことですかあ？」

頬を膨らませて睨み付けてくる。

「どこの家か、とは、わからないけど」

「……らしくないな」

ブッとわざとらしい音をたてて噴き出し、手を叩きながら笑う。

「ホント、ヤダ。あたし、比奈子さんは頭のいいお嬢様って感じで、ソンケーしてたのに、なんか、がっかり。そういうのって、フツー聞こえてても、無視しません？」

笑いをピタリと止めた。

「ごめんなさい。でも、ほんのわずかなことでもいいから、教えてほしいの」

「仕方ないなあ。これ以上巻き込まれるのとかって、イヤですし、警察には内緒ですよ」

人差し指を立てて、しー、と唇に当てる。

「わかったわ」

「確か、十時頃だったかな、〈爆笑キングダム〉やってたから。お笑い番組とか見ます？ あたしは気付かなかったのに、母親がいきなり部屋に入ってきて、窓開けたんです。そうしたら、声が聞こえました。助けてとか、許してとか。それに対して、アーとかオーとか」

小さな目を細めて視線をうす暗く光る天井にただよわせる。

「誰の声だったの？」

「わかりませんかあ？」

ニヤニヤ笑いながらコーラを飲み、こちらを向いた。

「助けて、が比奈子さんのお母さんで、アー、が慎司くんです。なんか、ドシャンって壁に重いモノをぶつける音もしてたっけ。そんな感じです」

おどけるように両手を広げる。

「様子を見に行ったり、通報したりしてくれなかったの？　お母さんもいたんでしょ」

「やめてくれません？」

ふう、と声を出しながらため息をつく。

「そういう言い方されるから、誰もホントのこと言えないんだろうな。だって、比奈子さん、うちにそういうこと、してくれたことありますかあ？」

上目遣いに睨み付けてくる。

「……それは」

「でしょ？　ずるいですよ、そういうの。でも、もし様子を見に行った人がいるとしたら、ラメポかな。あ、小島さんのことね。十一時頃にお風呂入ったときには静かになってたから、行ったかもしれませんよ。で、うちの母親がコンビニ行ったのが零時過ぎでしょ。時間差があるから、もしかしてぜんぜん関係ないのかもしれないけど、死亡推定時刻とかどうなってるんですか？　病院に運ばれて死亡が確認されたじゃ、いつ死んだのかわかりませんよねえ」

わざとらしく首をかしげる。

「さあ、どうなのかしら」

「わりと、身内でもわかんないもんなんですねえ。ところで、比奈子さん、家にいるんですか？」

きらきらとした目を向けてくる。

「ううん」

「ですよねえ。今、あの家にいると、さらしものですよ。昨日は、ひばりヶ丘に入ったくらいのとこから、マスコミの車が並んでましたもん。比奈子さんなんか、芸能人みたいに囲まれちゃうんじゃないかな」

コーラを飲み干し、グラスの水滴で湿らせた指で髪をなでつける。

「あたしもうっかりしてたら映されそうだし、コンビニ寄って身だしなみ整えて帰ることにしてるんですけど、髪、はねてません？　そうだ、二人でカラオケ来た記念に写メ撮りましょうよお」

ポケットから携帯電話を取り出して開き、レンズを比奈子の顔に近づける。

「ふざけないで」

「もう、怒らないでくださいってば。まあ、今はそっちの方が大変だから、あたしが大人になってあげますけど、友だちにも同じような態度とってると、引かれちゃいますよっ！」

余裕の笑みを浮かべ、携帯電話をポケットに戻す。

「つまんないから、あたし、そろそろ帰りますね。ポテトは食べちゃってください。メニューの写真見たらおいしそうで、つい頼んじゃったけど、あたし今ダイエット中なんです。いいなあ比奈子さんは、そんな心配なさそうで、って、それどころじゃないですよね」

くすくすと笑いながら立ち上がり、比奈子の目の前でスカートのホコリを払う。

「じゃ、元気だして、がんばってくださーい」

人差し指と中指を揃えて立て、おでこの前でかざすと、くるりと背を向けた。

ポテトを皿ごと投げつけてやろうか。

彩花の姿が見えなくなるまで、歯を食いしばり、膝の上で両手を握りしめた。

癇癪《かんしゃく》持ちで頭が悪く、おまけに地味な中学生。だが、家の前で顔を合わせても、挨拶を交わしても、不快に感じることはなかった。それは、きっと自分が満たされていたからだ。もしかすると、少し同情していたかもしれない。

彩花の芝居がかった下品な仕草がいちいち鼻につき、腹を立てる自分が情けなかった。泣き喚いてしまいたかったが、そうすると、これから起こり得ることすべてに負けてしまいそうな気がした。

あんな子ごときで泣いてはいけない。

情報を得ることはできた。十時頃、母親と慎司で何かもめていたということ。十一時頃には収まっていたということ。今のひばりヶ丘の様子。一つ疑問が浮かんだ。

父親はいつ仕事から帰ってきたのだろう。

ひばりヶ丘の家に帰ることはできない。晶子の家にも戻りたくない。
財布を見る。八千円。新幹線代には足りないが、高速バスならぎりぎり大丈夫だろう。

——お兄ちゃん、今からお兄ちゃんとこ行きます。（送信）

【七月三日（水）午後九時～七月五日（金）午後四時】

小島さと子　I

こんにちは、里奈《りな》さん。何してたの？　寝てた？　あら、そっちは何時なのかしら。夜中の二時？　それはそれは、ごめんなさいね。でも、大変なことが起こったのよ。待って、マーくんは起こさないで。あの子、明日も仕事でしょ。ゆっくり寝かせてあげなきゃ。あなたでいいの。

ところで、そっちのテレビでは日本のニュースは見られる？　ああ、そう。余程大きな話題じゃないとダメなのね。最近はどんなのをやってた？　大臣の辞任？　殺人事件は？　しばらく見てない、ってくだらないニュースばかり取りあげて、重大な事件は取りあげないのね。

殺人事件が起こったの。ひばりヶ丘、うちの斜め向かいのお宅で。憶えてるかしら、あのモダンなお屋敷。そういえばあなた、うらやましそうに見てたじゃない。そこよ。信じられないでしょ？　わたしも、何かあるとしたら隣のお宅だと思ってたから、驚いたわ。そうよ、あの小屋みたいな家。うちの離れとよく間違われて迷惑してるのよ。息子さんご家族のお宅ですか？　なんてとんでもない。マーくんをあんなところに住まわせるはずがないでしょ。それに、うちは外からじゃわからないかもしれないけど、ちゃんと二世帯仕様に造ってるんだから。え、事件の話？　そうね、そうだったわね……。

おかしな晩だったのよ。初めはね、七時半頃だったかしら、お隣から物騒な叫び声が聞こえてきたんだけど、これはいつものことなの。

お隣の騒ぎに気付いたのは随分前。ほら、わたし、冷房が苦手でしょ、だから蒸し暑い日の夜は網戸にしているんだけど、テレビを見ていたら……そっちはドラマは見られないの？「イケメン部へようこそ」って知らない？　内容はたいしたことないの。かっこいい男の子たちが心にキズを持つクラスメイトの悩みを解決していくってだけの話。そこに出てくる高木俊介くんって子がなかなかいいのよ。知らない？　そうだ、テレビは見られなくても、インターネットで検索すればいいのよね。かっこいいのにお行儀がよくて、中学生の頃のマーくんにちょっと似てるんだけど、斜め向かいの子、彼はもっと俊介くんに似てるのよ。

慎司くんっていうの。彼は今、行方不明なの。あら、かなり飛ばしてしまったわね。

お隣よ。ドラマを見ていたら、うるせえクソババア、って声がしたの。何だろうと思って窓から外を見たら、また声が聞こえて、お隣の彩花ちゃんの声だってわかったわ。愛想のないおとなしそうな子だから最初は信じられなかったけど、どうせあたしは落ちました、とか、私立私立ってうるせえ、とか言ってたから、お受験のことかと……マーくんにはちっともそんな大変な時期はなかったけど、よそのお宅にはそれなりに事情があるのねって知らないふりをしていたの。

だから、おとついの晩も知らないふりをしていたんだけど……そうそう、クイズ番組を見てたのよ。俊介くんが出ていて、難しい問題をスラスラと答えるから感心していたの。W高校に行ってるんですって。あなたも知ってるでしょ、マーくんの大学のお友だちも何人かそこ出身ってきいたことがあるわ。優秀なところよ。そうしたら始まっちゃったんだけど、俊介くんの活躍を最後まで見たかったし、いつものように無視してたのね。でも、おとついは彩花ちゃんの声がいつもよりヒステリックに感じたの。大丈夫かしら、って不安になったんだけど、だからって、のこのこ様子を見に来ましたって行くわけにはいかないでしょ。パパはこんな日に限って週に一度のお仕事の日だし。警察に通報するのは大袈裟《おおげさ》だし。そうしたら、ちょうどいただきもののチョコレートがあったのよ。手芸教室のお友だちのフランス旅行土産。わざわざフランスまで行ったのに、デパ地下にも売っているチョコレートを選ばなくてもって思ったけど、ちょうどよかったわ。

そうだ、里奈さん、このあいだ送ってあげたポシェット使ってる？　わたしの自信作、なかなか使い勝手がいいでしょ。色は気に入ってくれた？　あなたにあげた方がたくさんスパンコールが付いているのよ。

いけない、また脱線。クイズ番組が終わったあと、チョコレートを持って、勇気を出してお隣を訪ねてみたのよ。そうしたら、奥さんが出てきて、なんだかものすごく迷惑そうな顔でわたしを見るの。何しに来たの？　って感じで。わたしは心配して来てあげたっていうのに、なんだか失礼でしょ。こっちは真剣に子育ての相談に乗ってあげてもいいって思ってたのに、ゴキブリが出ただけ、なんて言いながら追い返されちゃったわ。ゴキブリですって、いやねえ。下品な言葉は聞かされるし、チョコレートをあげてソンした気分になっちゃったわ。こういうのは忘れるのが一番でしょ。だから、お風呂に入って寝ることにしたの。

そうしたら十時過ぎ頃だったかしら、また声が聞こえてきて。お隣の騒ぎが再発したのかと思ったんだけど、少し様子が違うなって気付いたの。男の子の声だったから。このあたりの男の子といえば慎司くんしかいないけど、まさか彼があんな声を出すなんて、アーとかオーとか、オオカミの遠吠えみたいな叫び声。それと一緒に、やめてとか、助けてとか、女の人の声が聞こえてきたの。同じ家からだから奥さんかお姉ちゃんでしょ。若い人の声じゃなかったから、奥さんの方だってわかったんだけど、普段はそんな声を出すような人じゃないの。でも、お上品そうに見えるけど、どこか演技っぽいところもあったから、ついに化けの皮が剝がれたのかしら、とも思ったわ。わかるのよわたし、そういうのは。

品の良さなんて結婚前に数ヶ月お作法教室に通ったからって、簡単に身に付くものじゃないでしょ。あら、誤解しないで、里奈さんのことを言っているんじゃないわ。斜め向かいの高橋さんの奥さんのことよ。あなたはそれなりにがんばってるじゃない。でも、あの人も努力はしていたと思う。子どもたちはちゃんとしていたんだもの。きっとご主人の教育がよかったのね。

高橋さんのお宅からあんな声が聞こえてきたのは初めてだったから、それこそ、警察に通報した方がいいかしらとか、様子を見に行った方がいいかしらって悩んでいたの。でも、チョコレートももうないし、また迷惑そうな顔で見られるのもイヤでしょ。だから我慢したのよ。長かったわ、叫んでばかりだから、いったい何が原因で騒いでいるのかもわからないし。

いよいよほっとけないって思った頃かしら、いいかげんにしろ、って声が聞こえたの。ご主人の声よ。うちにいたってことに驚いたわ。どうしてもっと早く止めないのって。でも、そのひと声で静かになったからいいんだけど。これでやっと寝られると思って布団に入ったわ。でも、大騒ぎを二軒分も聞かされたせいかしら、なんだか興奮して目が冴えちゃって。仕方ないから手芸教室の課題をすることにしたの。今月はトートバッグよ、スパンコールを蝶々の形に縫いつけるの。ちょっと高度な技でしょ。出来上がったら送るわね。そうそう、それに夢中になっていた頃よ、救急車の音がしたのは。

どこだろうって思ってたら、うちの前で音がやんで、もうびっくりよ。急いで外に出たわ。そうしたら斜め向かい、高橋さんのお宅に停まってたの。そのときはてっきり事故か病気だと思ってたのよ。でも、パトカーが来て、なんだか様子がおかしくて。救急車が行ったあと、わたし、警察に、何があったんですか？　って訊いてみたの。なのに、お下がりくださいとか言って、何も説明してくれないのよ。向かいの住人だっていうのに。翌日は報道車が来て、ますますただごとじゃない様子になっていったわ。そうしたら、夕方のニュースを見てびっくり。

高橋さんのご主人は殴られて亡くなって、殴ったのは奥さんだっていうんだもの。奥さんが自分でそう言ってるの。ご主人と口論になったんですって。要は殺人事件よ。被害者がご主人で犯人が奥さん。子どもたちはそのときいなかったんですって。お姉ちゃんはお友だちの家に泊まりに行っていて、慎司くんはちょうどそのときコンビニに行ってたみたい。それって、ちょっと怪しいと思わない？　慎司くんの方よ。事件が起こったときだけいなかったなんて。おまけに買い物に出たのに、携帯電話もお財布も家にあったそうよ。それに彼、今、行方不明なのよ、ってこれは、テレビ局の人に聞いたの。ほら、警察は情報を聞き出すだけだけど、テレビ局の人はちゃんとこっちが提供するぶん教えてくれるじゃない。

わたしの情報提供？　たいしたことじゃないわ。事件当夜に、高橋さんのお宅と、ついでにお隣の遠藤さんのお宅がそれぞれ親子で何か言い争っていたこと、遠藤さんのお宅はしょっちゅうだったけど、高橋さんのお宅では初めてだったこと。だから、事件が起こったのが高橋さんのお宅だったことにとても驚いたこと。それくらいかしら。

あと、ついでにこれも言っておいたの。先週の朝、燃えるゴミの中に、バスケットボールとシューズとユニホームが入った袋があったから、家から出てきた慎司くんに注意すると、あわててそのゴミ袋を持って帰っていったってこと。だって、わたしが最近高橋さん宅の誰かと関わったのってそれだけだもの。本当は近隣住人としてもっと協力してあげたかったけれど、今どきの若い人たちのおつき合いってそういうものでしょ。

それにしても、慎司くんはどこに行ったのかしら。歩いているだけで目立ちそうな子なのに。本当に俊介くんに似ているのよ。あなたも一度、ユーチューブっていうの？　それで検索してみるといいわ。でも、事件のことを調べるのはほどほどにしておかなきゃ。そういうのって下品な行為だと思うのよ。野次馬っていうの？　わたし、そういう人たちが大嫌いなの。じゃあ、そういうことだから、マーくんにも報告しておいてちょうだい。でも、勘違いしないで。年寄り二人じゃ不安だから、あなたたちに帰ってきてほしいって言ってるんじゃないのよ。

第二章　遠藤家

午前八時――。

この坂道は偏差値を表している。学校へ向かう坂道を下りながら遠藤彩花は毎朝思う。

ひばりヶ丘から坂道を十五分歩いて上ったところに私立K中学校がある。高橋慎司の通う私立男子校。東大合格率が県内一の名門校、私立N高校への合格率は九五パーセントを超えている。自宅から一番近い学校だが、彩花には別世界の学校。かりに彩花が男だったとしてもだ。

ひばりヶ丘を下る坂道と最初に交わる幹線道路を右手に曲がって十分歩くと、私立S女子学院がある。母親が自分を通わせたかった学校。高橋比奈子が通う学校。お嬢様校として評判が高く、大学・短大までエスカレーター式に進学できる。おまけに制服もかわいい。ここも彩花とは縁がない。

別世界の制服やかわいい制服とすれ違いながら坂道を下り続け、完全な平地になったところに市立A中学校がある。ひばりヶ丘から徒歩三十分。彩花の通う学校だ。荒れた子のたまり場というわけではない。自宅から近い、お金のかからない公立中学に進学した親孝行で優秀な子たちはたくさんいる。成績ははっきりした順位で公表されないが、彩花は自分で学年二百人中三十位前後ではないかと思っている。決して悪くはない。先生も学校の設備も悪くない。制服のセーラー服も嫌いではない。それなのに、学校に通うのは毎日奈落の底へと向かっているような気分になる。学校に到着しても、足元がさらに深いどこかへと傾いているような気がする。ボールを置けば転がっていってしまうのではないか。教室も廊下もグラウンドも微妙に歪んで見える。

すべて坂道のせいだ。学校近くの平地に住み、まっすぐ歩いて通っていれば学校に着いても景色はまっすぐなままのはずだ。

坂道を下っていくにつれダメ人間の世界に向かっているような気分になってしまう。この世には階級というものがしっかりと存在し、自分が着ることを許されない階級の高い制服とすれ違うごとに体の表面の薄い皮がささくれていくような痛みを感じてしまう。だからといって、下校時、坂道を上るときに徐々に優越感を感じていくわけではない。明日の痛みを思いながら体力を消耗していくだけだった。

坂を上るにつれて高くなるのは学校の偏差値だけではない。地価もぐんぐんとあがっていく。額に汗を浮かべながらひばりヶ丘への坂道を歩いて上る彩花には、なぜ高いところにある住宅地の方が値段も高くなるのか納得できない。登下校だけではなく、ちょっとコンビニに行くにも面倒臭いし、いいことなど何も思いつかないというのに。下々の生活を見下ろす、という感覚を得られるところに価値があるのだろうか。だが、日中に町の景色を見下ろしてもどうということはない。毎日あそこまで歩いているのかと疲労感が増すだけだ。海沿いにできた高層マンションから景色を眺める方が、何倍も気持ちよさそうなのに。夜景は少しきれいだと思うが、感動が毎日持続するほどのものではない。

「ちょっと、彩花。あんたんちってK中5番くんの向かいだったの？」

教室に入るなり、志保が駆け寄ってきた。バスケ部の同級生だ。

A中学校ではからだの弱い子以外、運動部に入ることを半ば強制されており、彩花は入学と同時にバスケットボール部に入った。やりたかったから、というわけではない。選択肢は三つ、その中でバレーとテニスは小学校にもクラブがある。入部と同時に初心者と経験者の差がついてしまわないのは、バスケ部だけだった。しかし、背が低い上にもともと運動は得意ではない。差は数ヶ月も経たないうちについてしまった。

レギュラーと補欠。その関係は部活動時間外でも適用される。クラスの女子グループはほとんど部活別に分かれ、その中でさらにレギュラーグループと補欠グループに分かれる。そして、クラス全体の主導権はレギュラーグループが握っていた。

成績でならこんな肩身の狭い思いはしないのに。一、二年生の頃は腹立たしい思いにとらわれ続けていたが、部活動もあとわずか。どの運動部も夏休みの第一週に行われる県大会予選に負ければ八月半ばの県大会に参加することはできず、三年生は全員引退することになっている。

レギュラーがどんなにがんばっても、私立の強豪校にはかなわない。七月引退は確実だ。その後は教室の空気も受験モードになって、主導権も成績順で決まるのではないかとひそかに期待している。

同じ部とはいえ、補欠の彩花とレギュラーの志保が教室内で話すことはほとんどなかった。当然、彩花がひばりヶ丘に住んでいることも知らないはず。

K中5番とは、K中バスケ部の背番号5番、慎司のことだ。

「何で知ってんの?」

「だって、このあいだ行ったもん」

「あたしの家に?」

「違うって、5番くんの家に。先週の試合来てなかったじゃん。ケガでもしたのかなってお見舞いに行こうとしたんだ」

入学当初から慎司はバスケ部にいたし、一年生の後半からはレギュラーとして活躍もしていた。けれど、K中の5番の子がかっこいい、と試合会場で志保が騒ぎ出したのは、高木俊介くんがデビューした去年の秋からだ。志保の持ち物は俊介くんだらけ。見せてとも言っていないのに、携帯の待ち受け画面を変えるたびに、これいいでしょ、とファンクラブの会員だけがダウンロードできる画像を得意げに見せてくる。

そして試合会場で見つけてしまったのだ。A中対K中の男子の試合を見ながら、あの子横顔がちょっと俊介に似てる、は試合が終わる頃には、5番くんかっこいい、に変わっていた。それ以降、志保は慎司に追っかけまがいの行動をとるようになった。

それまで何とも思っていなかったのに、好きなアイドルに少しでも似ている要素があるというだけで、そんなに夢中になるものだろうか。

なるのだろう、と思う。俊介くんはクラスの女子全体で話題になっていたため、彩花も話を合わせる程度に出演番組を見ていたのだが、好きになったのは、母親のひと言がきっかけだった。

——あら、この子、お向かいの慎司くんに似てない？

——俊介とタカボンが似てる？　はあ？　老眼鏡買えば？

母親の前では否定したが、よく見ると、横顔や目元がとても似ていると思った。それ以来、彩花は俊介くんの載っている雑誌を買い集め、出演番組を録画するようになった。

ひばりヶ丘に越してきた当日、両親とともに高橋家に挨拶に行くと、庭で慎司がバスケットボールの練習をしていた。そのときから、かっこいいな、と思い続けていた。

——同じ歳なの、よろしくね。

淳子にそう言われただけでドキドキした。おさななじみのラブストーリー漫画を読みながら、主人公を自分と慎司に置き換え、これからの生活にワクワクした。

しかし、どんなに日が経ってもドキドキするような展開になるどころか、慎司と話すことすらほとんどなかった。たまに顔を合わせることがあっても、別世界の制服を着た慎司に声をかけるには抵抗があった。不用意なことを言ってバカだと思われたくない。それでも慎司を見られただけで、今日は運がいいなと幸せな気分になれた。つらい思いをしながらも毎日坂道を上ることに耐えることができたのは、家の前で慎司にばったり会えるかもという期待があったからかもしれない。慎司のことをずっとずっと見ていたい……。

そんなときに、母親のひと言で俊介くんと慎司の姿がわずかに重なった。

慎司の写真を手に入れるのは難しいけれど、俊介くんのは簡単に手に入る。動く慎司の姿をじっと見ることはできないけれど、俊介くんなら録画したものを何度でも繰り返して見ることができる。慎司のことを好きとは誰にも言えないけれど、俊介くんなら一番知られたくない母親にでも言うことができる。

どうしても手に入れたかった俊介くんのポスターを、母親にネットオークションで落としてもらうこともできた。こちらに背を向けて振り向きざまに笑った顔は、ひときわ慎司に似ていた。夏休みにはコンサートにも行く予定だ。

だから、志保の気持ちはわからないでもなかったが、アイドルのように慎司を追いかけられるのはおもしろくなかった。

堂々と試合中の慎司の写真を撮り、試合が終わると、お疲れさまと言いながら冷たいスポーツドリンクを差し出す。すべて彩花があこがれていたことだ。自分の方が慎司の近くにいるはずなのに。いや、近すぎるから、むしろ何もできないのだろうか。

志保が「5番くん」と口にするたびに、からだの中に黒いもやもやとしたものがたまっていくような感覚にとらわれた。

そして、ついに先週、志保は慎司のためにクッキーを焼いてきた。試合の後、これを渡して告白するのだ、と女子部員みんなの前で宣言した。

「俊介似の彼氏だなんて、めちゃくちゃ自慢できるよね」

その言葉に腹の底からむかついた。慎司のことを好きなのではなく、自分のために利用しようとしているだけじゃないか。俊介くんが好きなら、俊介くんに告白すればいいじゃないか。

しかし、レギュラーの志保に直接言葉をぶつける勇気はなく、背中に恨めしい視線を向けることしかできなかった。開会式のときから志保から目を離すことができず、少し姿を見失っただけでもドキリとしたが、不安は杞憂に終わった。慎司は試合会場に来なかった。どうしたのだろう、熱でも出したのだろうか、と心配になったが、とりあえず、志保に告白されずにすんでホッとした。

けれど志保はあきらめなかったようだ。K中学に通う小学生の頃の同級生に慎司の家を訊いたのだと言う。

「ひばりヶ丘で一番小さな家が目印、って教えてもらったから行ってみたわけよ」

ナイフでグサリと刺される感覚とはこんな感じだろうか。目の前が真っ白になりかけたが、志保の甲高い声は気が遠くなるのも許してくれなかった。

　志保は一人でひばりヶ丘に行ったらしい。三十分かけて住宅街をひと回りして一番小さな家を捜し出し、ドアフォンを押した。

「どこかで見たことがある人が出てきたな、って思ったら、彩花のお母さんでびっくりしちゃった」

　軽自動車に乗る母親に、何度か試合会場に送り迎えをしてもらったことがある。黙って車の中にいればいいものを、A中学の制服を着た生徒を見つけるとわざわざ降りてきて、いつも彩花がお世話になってどうもありがとう、などというものだから、ほとんどの子が彩花の母親を知っていた。彩花とそっくりだよね、彩花の二十年後が想像できて笑っちゃうよね、「フレッシュ斉藤」でレジ打ってるよね、彩花がバイトしてんのかと思った、あー似合いそう、と続く。

　自慢の母親でなくてもいい。同級生の前に姿をさらさないでほしかった。

　黙って歯を食いしばる彩花に向かい、志保がケタケタと声をあげて笑った。間違えましたといったん離れ、携帯電話で慎司の家を教えてくれた子に連絡を取ると、その向かいだと言われたのだ、と腹をかかえて笑い続けた。

「遠藤ってありがちな名字だから、彩花の顔すら浮かばなかったよ。あたしさあ、5番くんの名字知らなくて。彼、高橋慎司っていうんだよね。最初にそれ確認しとけばよかったけど、いざホントの家の前に立つと、何もできずに帰ってきちゃった。でも、そうしておいて正解。だって……ねえ。あの家の向かいだなんて、彩花も大変だよね」

彩花の肩を両手でバンバンと二回叩き、志保は自分の席へと戻っていった。カバンを両手で強く抱きしめたまま彩花は席についた。一日が始まったばかりだというのに、ため息しか出てこない。志保は数人の友だちに囲まれているが、彩花に近寄ってくる子はいない。弁当を一緒に食べる友だちはいるが、志保にからかわれたばかりの彩花とは関わりたくないのだろう。遠目でこちらをちらちらと見ているだけだ。別にかまわない。べたべたとくっついてくる友だちなどこちらから願い下げだ。

あれ？　という顔をして携帯電話を取り出してみる。誰からもメールは来ていない、受信フォルダを開き、昔の友人たちとのやりとりを読み返していった。


——中学生になったら買い物とかカラオケとかいっぱいいこーね！

——引っ越しても友だちだよ。

——S女に行っても、あたしたちのこと忘れないでね。


どれも、三年近く前の日付だ。

足元の床の傾斜はさらにひどくなっていく。机ごと転がっていくような錯覚にとらわれ、吐き気がした。教室でげろを吐いてしまったら、部活を引退しても、どんなに勉強をがんばっても、今の立場を逆転することはできない。

ゆるゆると立ち上がり、教室を出た。廊下もひどい傾斜だ。

いったいどうしてこんなことになってしまったのだろう。


午前十時――。

真弓がパート先のスーパーマーケット「フレッシュ斉藤」に早番で入ると、朝礼で店長から、今日からしばらく晶子が休むと聞かされた。体調不良のためらしい。新しくパートの募集をかけるが、決まるまでは皆で晶子の分までがんばってほしいと言われ、それほどひどいのかと心配になった。

晶子とは若干年齢差はあるものの、職場で一番気が合った。お互いパートをしている理由が住宅ローンのためであることを知り、愚痴をこぼしあいながらも、家の話題でいつも盛り上がった。インテリアやガーデニングのことについては夢中になって話すのに、お金や住んでいる場所など、プライベートなことには踏み込んでこないところにも好感が持てた。

真弓はとっさに重病を想像したが、他のパート職員たちは「晶子おめでた説」をあげていた。そういえば、子どもが欲しいと言っていたのを聞いたことがある。確か、お姉さんには子どもが二人いると言っていた。

——一姫二太郎、っていうの？　どっちもかわいくていい子たちなの。テレビや雑誌では、子育てって経済的にも精神的にもすごく大変なことみたいに扱われているでしょう？　わたしも結婚したての頃は不安だったんだけど、姉の子たちを見ていたら、子どももいいかなって。それにね、姉にはだんなさんの連れ子の血のつながらない息子もいるんだけど、その子ともうまくやってるみたいなの。そうなるともう、全然怖いものなしだと思いません？　真弓さんも娘さんがいるんですよね。うらやましいな。

うらやましいと言われた途端、耳の奥で彩花のどなり声が響いた。わが家の癇癪劇場を見ても、晶子は子どもが欲しいと思うだろうか。

——わがままに振り回されてばっかりよ。夏休みも高木俊介くんっていう子のコンサートにつき合わなきゃいけないの。

——いいじゃないですか。わたしも俊介くん好きですよ。いいなあ、親子でコンサートに行くなんて。やっぱり、女の子はいいですよね。

無理やりしてみた自慢でも、受け止めてくれる相手がいれば本当に幸せなような気がしてくる。やはり、俊介くんさまさまだ。

本当におめでたなのだとして、体調不良ということはつわりがひどいのだろうか。あとでメールを送って、もし行けそうならお見舞いに行ってみようか。きっと買い物に出るのも億劫だろうし、ここで何か買っていってあげれば喜ばれるかもしれない。いったいどんな家に住んでいるのだろう。家を想像するとやはりワクワクしてくる。

午前十一時からのタイムサービス用の袋詰めのりんごを棚に並べながら、真弓は俊介くんの新曲のさびの部分を口ずさんでみた。


午前十一時——。

本当に三半規管がどうにかなってしまったのではないかと思うほど、傾斜した地面はいつまでたっても平らにならず、それどころか傾いたままぐるぐると回り始めた。ふとした拍子に吐き気がこみ上げ、彩花は二時間目から保健室ですごしている。

「気分悪いって、顔色はものすごくいいわよ。あと一時間がんばって、それでもしんどかったらまたおいで」

養護教諭は同じタイミングで保健室に来た二年生の女子生徒にはそう言って、追い返したのに、彩花を見ると、またか、というような顔をして、窓際のベッドのカーテンを無言で引いてくれた。

どうして他の子みたいに明るく接してくれないのだろう……仕方がない。坂道病の生徒なんて気持ち悪いに決まってる。世の中がまっすぐ見える人に、坂道病の気持ちなどわかるはずがないのだ。

横になり、枕を立てて頭を載せると、ようやく少し平らに近づいたような気分になれた。坂道なんかもうまっぴらだ。引っ越しなんてしたくなかった。受験なんてしたくなかった。全部母親のせいだ。

——こんなせまいアパートじゃなくて一軒家に住みたいわ。

母親は彩花が物心ついた頃からいつもそう言っていた。住宅メーカーのチラシを見せられ、この中だったらどの家がいい？　とよく訊かれていたし、結婚前に働いていたという住宅展示場に連れていかれたことも何度かある。ここでパパと出会ったのよ、と行くたびに聞かされていた。

だが、それらは決してイヤなことではなかった。

時折父親が持って帰る、壁紙やカーテンの分厚いカタログを見るのも好きだったし、それらを見ながら、あたしの部屋のカーテンはこれ、台所の壁はこのタイルがかわいいかも、などと母親と理想の家をシミュレーションするのも楽しかった。絵を描いたり、ティッシュの空き箱で人形の部屋などを作ると、彩花はセンスがいいぞ、と父親も喜んでくれた。

——彩花も早く一軒家に住みたいわよね。

母親にそう言われるたびに嬉しくて頷いた。けれど、彩花が思い描いていたのは住み慣れた場所に建つ新しい家だ。

近くの公立中学校に入り、おさななじみたちと一緒におしゃべりをしたり寄り道をしたりしながら、倍以上の時間をかけて登下校したかった。部活だって、この地区ほど盛んではないらしいから、文化系のクラブに入ってのんびり過ごしたかったし、休みの日には誰かの家に集まって、狭い部屋でお菓子を食べながら好きな男の子や芸能人の話をしたかった。俊介くんのコンサートだって、本当は友だちと行きたかった。

それなのに、新しい家が建つことになったのは別の校区の住宅地だった。それも、坂道をひたすら上ったところにある、やたらと大きな家ばかりが立ち並ぶ住宅街、名前は「ひばりヶ丘」。

——ひばりヶ丘のひと区画を道路拡張用に不動産会社が買い取ることになったんだけど、全部はいらないらしくて四十坪分買い取ってくれる人を捜してるらしいんだ。

小学校六年生になったばかりのある日の夕飯どき、父親が言った。道路がどうとか、彩花にはほとんど理解できなかったが、母親が飛び上がらんばかりに喜んでいるのを見て、とても嬉しいニュースに違いないと思った。

——ひばりヶ丘、あのひばりヶ丘よ。ひばりヶ丘に家を建てることができるのよ。

母親は歌うように何度もそう繰り返した。本当に歌っていたかもしれない。市内で一番の高級住宅地だと知ったのはその年の十二月、家が完成してからだ。

——いいわねえ、彩花ちゃん。あんな高級住宅地に住むなんて、お嬢さまじゃない。

新築祝いを持ってきてくれた近所のおばさんにそう言われ、そんなにすごいところなのかと驚いた。鳥の名前がつくからなんとなくかわいいな、そこに新しい家を建てるのなら住所もかわいくなるのかな、くらいにしか思っていなかったのに、お嬢さまときたのだから。しかし、高級住宅地に住めばお嬢さまになれるわけではない。

――ひばりヶ丘ってS女子学院まで徒歩で通えるのよ。彩花は勉強苦手じゃないんだし、今からがんばれば間に合うから、ね、ね、ね、お受験しましょうよ。

できたばかりの家の二階の窓から、外を眺めながら母親が言った。向かいの家に入っていくかわいい制服を着た女の子が目に入ってしまったのだ。まさかの中学受験だった。六年生になってから一度も考えたことはなかった。同じクラスの中にも中学受験をする子はいたが、飛び抜けてスポーツができる子と、限られた頭のいい子だけだった。その子たちと一緒に自分も受験するなど、どう考えても無理だと思った。仮に合格しても、入ってからついていけるかも不安だったし、お嬢さまたちと仲良くできる自信もなかった。無理だよ、と最低三十回は言ったような気がする。

しかし、浮かれた真弓に彩花の言葉は届かなかった。

ひばりヶ丘に家を建てたの。それでね、彩花はS女子学院を受験するの。あの頃の母親は誰かれ構わずにこの台詞を口にしていた。自慢話に相づちを打ちながらも、顔をしかめていた人はたくさんいたはずだ。それでも、夢が全部叶ったのであれば、嫌われこそすれ、恥をかくことはなかった。

ところが彩花は受験に失敗した。新居へは卒業式後に引っ越す予定だったが、結果が出た途端、挨拶もそこそこに引っ越した。卒業式も友だちとの別れを惜しむまもなく、母親に手を引かれるようにして早々に引き上げた。そして、四月、市立A中学へ入学した。知り合いは誰もいない。友だちはいちおうできたが、坂道を一緒に登下校する子は誰もいなかった。

ひばりヶ丘で一番小さな家……母親に聞かせてやりたい。

あんな家、なくなってしまえばいいのに。そうすれば、坂道病から解放されるのに。


午後一時——。

休憩をとるため、事務所に戻ると、パート職員の美和子がテレビのリモコンをいじっていた。あとから入ってきた年上の仕切りたがり屋と昼食をとらなければならないなんて、おかしな話題にならなければいいけれど。なるべく目を合わさないようにしながら、ロッカーから弁当を取り出して広げた。

「手作りのお弁当だなんて、あなたもマメねえ」

美和子がお総菜コーナーで買ってきたいなり寿司をほおばりながら、真弓の弁当をのぞき込んでくる。からあげ、ミートボール、ふりかけご飯、彩花から文句の出ない貴重な組み合わせだが、自信を持って見せられるような弁当ではない。

「娘が中学生だから、ついでに詰めてきてるだけです」

「あら娘さん、中学生？　どこ行ってるの？」

「……A中学です」

「A中ってことは、真弓さんのお宅って、けっこう遠いのね。でも、公立に通ってくれるなんて親孝行じゃない。うちの娘なんか、せめて高校までは公立に行ってくれって頼んだのに、制服がかわいいとかくだらない理由つけてS女子学院を受験するって言い出したのよ。それでもまあ、普段ぜんぜん勉強してないから無理だろうって記念に受けさせてやったんだけど、そうしたらまあ、これが受かっちゃって。主人もわたしもびっくりよ。定員割れしたかと思って新聞で調べると、二倍だかなんだかになっていたから、半分は落ちたってことよね。風邪でもはやってたのかしら。娘は喜んでたけど、親は大変よ。授業料は高いわ、バス代はかかるわ、修学旅行は海外行くとかで積立金はかかるわ、今、高等部の二年生なんだけど、パート代全部つぎこんでるもの。ほんっと大変。あなたは？　ここでのお給料は自分のお小遣い？」

「まさか、とんでもない。家のローンが大変で」

「あらそう、持ち家なの？　うらやましいわ。わたしもそれだと自分のためにがんばってるって気になれそうなのに。親の義務とはいえ、子どもに吸い取られるばかりじゃたまんないわよね」

自慢だろうか。彩花が公立中学だということをバカにしているのだろうか。いや、本心でうらやましがられているような気もする。三つ入り一二六円のいなり寿司は美和子の定番昼食だ。全部食べ終え、熱いお茶をすする美和子から優越感は感じられない。本当に大変なのかもしれない。彩花が落ちたからこそうらやましく思うが、受かっていれば自分も今頃同じような愚痴をこぼしていたかもしれない。家のローンだけでもたいへんなのに、彩花がもし受かっていれば……。

今よりもっとシフトを増やしてもらうか、別のところで掛け持ちでパートをしなければやっていけなかったかもしれない。でも、癇癪を起こされることもなかったはずだ。

体力的には大変だろうが、精神的には今より何倍も満たされているのではないか。

受験などさせなければよかった。

S女子学院に入れなかったということよりも、「受験に失敗した」ということが彩花のプライドを傷つけてしまったはずなのだから。最初から当たり前のように公立に通わせていればきっと、癇癪を起こすようにはならなかったはずだ。まさか、こんなことになるとは思ってもいなかった。彩花を傷つけるために受験を勧めたのではない。よかれと思って勧めたのだ。

私立の学校に通わせてやりたい。それは家を建てる前からずっと思っていた。いい学校に行けば、いい友だちやいい先生に出会うことができ、さらにはいい会社に就職することができるし、いい配偶者に出会うこともできるだろう。それらを小学校六年生のときの努力だけで手に入れることができるのなら、親としてぜひ受験をさせてやりたいと思うのは当たり前のことだ。

だが、その頃住んでいた賃貸アパートから徒歩で通える私立校はなかった。女の子だし、自転車や電車通学は避けさせてやりたい。そう思っていたからこそ、ひばりヶ丘の物件の話が来たときには、これだ！　と思ったのだ。徒歩圏内にいい学校があるなんて最高の物件ではないか。

　高級住宅街の一画が安く手に入るからといって手放しで喜んだわけではない。前のアパートがあったところや、この「フレッシュ斉藤」の近辺なら同じ値段で一・五倍は大きな家を建てることができる。夫婦二人なら、家を建てる場所などどこでもいい。娘のために環境を重視してやろうと思ったのだ。

　受験が無謀なことだとも思っていなかった。

　彩花は出来る子だと思っていた。物心つく前から、近所の子たちとはどこか違うところがあった。ウール百パーセントの服なら機嫌良く着ているのに、アクリルが少しでも混ざったものになると着せた途端嫌がって泣いたり、好んで飲んでいた百パーセントのリンゴジュースが品切れだったため、別の銘柄の百パーセントリンゴジュースを与えると、一口飲んだだけで吐き出したり。繊細な感覚を持っている子なのだと思った。

　こういう子はきっと頭がいいに違いない。

　啓介には親バカだと笑われた。俺たちの子なのに？　とは言われたが、二人とも落ちこぼれ人生を歩んできたわけではない。高望みせず、普通のコースを自分のペースで歩んできただけ。もしも、親がもう少し教育熱心だったら中学受験もしていたかもしれないし、家の近所にいい学校があればそこを目指して努力していたかもしれない。能力ではなく、環境の違いなのだ。幸い、彩花にはよい環境を与えてやれるチャンスを得ることができた。あとは彩花の努力次第だった。

小学校に入ってからの彩花は抜きんでてよくできるということはなかったが、半分よりは前にいた。参観日など、自分からすすんで手を挙げようとはしなかったが、当てられれば正しく答えていた。しかし、それが彩花の実力だとは思わなかった。公立の、特に小学校というところは、落ちこぼれを作らないことに力を入れているから、やれば出来る子を伸ばしてあげることができないのだ。ほんの少し手をかけて、コツさえ教えてもらえば繊細な彩花ならもっともっと伸びるはず。

それに、彩花もやる気になっていた。願書を提出する前から近所の同級生にS女子学院を受けるのだとふれ回っていた。

——みんなとお別れするのは寂しくないの？

——ぜんぜん平気、S女で友だちつくるから。

誰に訊かれても、彩花はしれっとした顔で答えていた。必ずしも、押しつけたわけではないのだ。

それなのに、なぜか今は真弓が責められる日々だ。

「ねえ、真弓さん。このニュース知ってる？」

お昼の情報番組を食い入るように見ていた美和子が、お茶を淹れ直しながら真弓の方を向いた。絶対にこちらからは持ちかけないでおこうと思っていたのに、やはりこの話題になってしまったか、とうんざりした。

引きこもりの男性が父親を刺し殺したという事件。このニュースを見るたびに、真弓の頭の中で彩花の叫び声がこだまする。

「ニュースはあまり見なくて」

「でも、おとついから何度もやってるから、あなたも一度くらい見てるんじゃない？　いやよねえ、家庭内で殺人事件だなんて」

「そうですね」

「こういう事件が起こると近所の人たちって、信じられません、とかいうじゃない？　幸せそうなご家庭でした、とか。ホントにそうなのかしら」

「そうなんじゃないですか？」

「だって、それまで幸せそうで、ある日突然殺したりする？　真弓さんはダンナを殺したいって思ったことある？」

「まさか」

啓介を頼りなく思うことはあっても殺したいと思ったことなど一度もない。結婚してからこのかた、手を上げられたことも、口汚い言葉で罵られたことも一度もない。わりといい夫なのかもしれない。

　では、浮気をされたらどうだろう。腹立たしく思うはずだ。一発平手打ちをくらわしてやるかもしれない。しばらく口を利くのも顔を見るのもイヤになるかもしれない。だけど、殺してやりたいとは思わないはずだ。そこまでのエネルギーを啓介のために使う自分を想像することができない。

「うちもケンカはしょっちゅうだけど、仲直りもすぐだし、殺すってことはないわね。じゃあ、娘は？」

「あるはずないじゃないですか！」

　自分で驚くほど大きな声を出してしまった。どうしてこんなにもムキになって否定したのかわからない。啓介と彩花に対する気持ちの違いは何なのだろう。

「でしょ。家族だもん。いろいろ腹の立つことがあったとしても、殺すまではしないでしょ。普通っていうのはそういうことなのよ。事件が起きた家っていうのは、たとえそれが突発的な行動だったとしても、気持ち的には蓄積させてた何かが絶対にあるはずなのよ。そういうのって、どんなに隠しても行動や言葉の端々に出ると思うんだけど、どうして近所の人たちはそれに誰も気付かないのかしら」

「そうですね……」

「きっと、テレビの前だからとぼけてるだけで、内心、ああやっぱり、って思ってるのよ」

美和子はお茶を飲み干すと、化粧直しを始めた。

もしもわが家で事件が起きて、テレビ局や警察がこのスーパーにやってきたら、この人はどんなコメントをするのだろう。真っ赤な口紅をべったりと塗りつけている美和子を見ながら、その口から出てくる言葉を想像してみた。

――住宅ローンが大変だったみたいですよ。お昼はいつも、冷凍食品が少し入っただけのお弁当持参で、そうとう切りつめていたみたい。娘さんは公立中学だっていうのに、どうしてそんなに大変なのかしらって思ってたけど、お家、ひばりヶ丘だったのね。無理してあんな高級住宅地に建てるから、いつもお金のことばかり気になって、家庭内がギスギスするようになったんじゃないかしら。でも、それってやっぱり格差社会が原因じゃないの?

ほんの少し触れた話題を十倍に膨らませて言うかもしれない。そういえば、晶子おめでた説を言い出したのもこの人だ。すっかり真に受けて、お見舞いに行こうかなどと思っていたけれど、根拠はどこにもない。もし、不妊治療などしていたら、思い切り傷つけてしまうことになる。

よそさまの家庭のことなど、憶測で話してはいけない。だからみんな知らないふりをするし、そうしたからといって非難されることのない仕組みになっているのだ。

午後二時――。

いつまでたっても体調は回復せず、弁当を食べることもできず、早退することにした。昼休みにカバンを取りに教室に戻ると、補欠チームの尚美が荷物をまとめるのを手伝ってくれた。

一人で大丈夫？　と気遣ってくれる後ろで志保が大声をはり上げた。

「お迎えが来てくれるんじゃないの？　ひばりヶ丘のお嬢さまだもん。一番ピーな家だけどね」

教室の一角でドッと笑い声が起こった。尚美はおろおろした様子で彩花を見ている。彩花は無言で志保を睨みつけた。

「ヤダ、お嬢さまが睨んでるう」

その程度で志保が怯むはずがなかった。教室中をさらにあおりたてていく。

やめろ、やめろ、やめろ……。教室の景色が反転するかのように床が傾斜していく。転ばないように両手でつかんだ椅子を持ち上げて、力一杯志保に向かって投げつけた……が、ひょいと身をかわされる。笑い声がさらに高まった。ヤバい、キモい、と声が飛び交う。逃げるように教室から走り出た。

坂道を黙々と上る。どうしてこんなにバカにされなければならないのか。ひばりヶ丘に住むことになったのは母親のせいなのに。それに、どうしてひばりヶ丘というだけで色眼鏡で見られなければならないのだろう。あんなところ、ぜんぜん特別じゃない。土地代は高いのかもしれない。家も大きなお屋敷ばかりだ。でもそこに住む人たちが特別な人たちかといえばそうじゃない。

ラメポなんて典型的な、そのへんのオバサンだ。入学式の翌々日、坂道を上ってへとへとになって帰ってくると、家の前で掃き掃除をしているラメポと目が合った。立ち止まって、こんにちは、と挨拶をすると、ラメポもニッコリと笑って、おかえりなさい、と言ってくれた。余計なひと言も一緒に。

――比奈子ちゃんが行ってるS女子学院のじゃないわね……。見かけない制服だけど、どちらの学校に通ってるの？

――A中学です。

――Aといえば、海の辺りかしら。ごめんなさいね、下のことに疎くて。毎日大変ね、この坂道を往復しなきゃならないなんて。でも、若いってうらやましいわ。歳をとってしまうと坂道を歩くなんてとんでもなくて、最近下ったのはいつだったかしらね。

坂の上に住んでいて苦痛を感じるのは、下らなければならない者だけなのだ。彩花の学校、母親のパート先、父親の仕事場、どれも坂の下にある。おかしなポシェットをさげたオバサンは坂の上だけで生きていくことができる。ポシェットだって、坂の上の人たちにはオシャレに見えるのだろう。本来はそういう人たちしか住んではいけない場所なのだ。

帰りたくない、帰りたくない、帰りたくない。

幹線道路にさしかかったあたりで、見覚えのある顔がこちらに向かって歩いてくるのが見えた。

慎司だ！

どうしてこんなところにいるのだろう。まだ学校が終わる時間ではないのに、うろうろしているところを誰かに見られても大丈夫なのだろうか。でも、人目を気にしているようには見えない。声をかけてみようか。

迷っているうちに、慎司は横断歩道を渡りさらにこちらへと近付いてきた。やや伏し目がちだが、すれ違いざまに彩花と目が合った。あっ、と声が出かけたが、慎司は見知らぬ誰かとすれ違ったかのように通りすぎていく。

気付いたのに無視するなんてバカにしてる。K中の制服を着ている別世界の人である慎司に声をかけるのはためらわれたが、慎司が学校をさぼっているのだとしたら、今は対等、むしろ後ろめたさのないぶん自分の方が優位な立場にいるような気がする。

「ちょっと、待ちなさいよ！」

思った以上に大きな声が出た。慎司が立ち止まり、振り返る。

「何？」

迷惑そうに言われれば文句の一つでもすぐに出てくるが、穏やかに返されると言葉が出ない。確かに用事はない。学校はどうしたのかなど、訊きたいことはあるが、自分が訊いていいものなのか、とためらってしまう。それでもこんなふうに向かい合ったのだから、何か言わなければ。

「……先週の試合、どうして来なかったの？」

この状況で訊くようなことではないが、普通に話してみたかった。重い話題に触れなくてもいい。部活のことで充分だった。

「関係ないじゃん」

露骨にムッとした顔で言われた。何だその言い方は。こっちは気を遣って無難そうな話題をふってやったというのに。

「じゃあ、こんなところで何してんのよ」

同じようにムッとした顔で返してやった。

「別に」

「それが向かいの住人に対する言い方？　親切で言ってあげてるのに。こっちはあんたんちのせいで思いっきり迷惑かけられてんのよ。それくらいわかってるでしょ？　なのに関係ないとか、何様のつもり？　ひと言くらい謝ったらどうなの？」

「俺、何もしてないけど」

「あんたの家のことは、あんたにも責任があるでしょ」

「具体的に、俺の家がそっちにどんな迷惑かけたってての？」

「バカな追っかけよ！」

「それは、そのバカな追っかけに文句を言えばいいんじゃない？」

「何それ、責任転嫁？　逃げるつもり？　お金持ちのお坊ちゃんは謝り方も教えてもらってないの？」

「勘弁してくれない？　こっちも今そんなくだらない言いがかりにつきあってる余裕ないんだ。それに、一コ言ってもいい？」

「……何？」

「そっちがあとから家建てたんじゃん。迷惑なら、引っ越せば？」

「な……」

背を向ける慎司に、今度こそ返す言葉がみつからなかった。こみ上げてくるのが怒りなのか羞恥心なのかはわからない。

なんで、なんで、なんで。バカにされなければならないのだろう。迷惑をかけられたのは……被害者はこちらの方なのに。

最後の悪あがきのように、坂道を下っていく慎司に向かってつぶやいた。

下って、下って、下って、転がり落ちてしまえ！　そして、二度と上ってくるな。

午後五時十五分――。

毎週恒例の水曜感謝デーは一時間のタイムサービスが三度あり、四時から五時までのものが一番のピークとなる。何かを考えている暇などない。機械のように、いらっしゃいませ、を繰り返しながら手を動かすだけ。それが終われば、早番の真弓は仕事を上がることができる。

美和子などはちゃっかりとタイムサービス中に、自分が買いたい物をキープして事務所に置いてあるが、真弓にはそんな要領のいいことはできない。パート勤務も二年以上経つというのに、特売品の玉子や砂糖をその値段で買ったことがなかった。エプロンを外してから一度表に回り、一般客として買い物をする。

自動ドアの前で立ち止まり、バッグの中を確認すると携帯電話が点滅していた。とりあえず持っているものの、週に数えるほどしか使用することがない。

彩花の担任教師からの着信で、留守番サービスにメッセージが吹き込まれていた。

「彩花さん、体調不良で午後から早退されましたが、大丈夫でしょうか？」

ズル休みをしようとしたことはあるが、早退など初めてだ。朝出るときはいつもと変わらないように見えたが……きっと、暑さでばててしまったのだろう。五時すぎでもこんなに暑いのだから。

疲れたからだで日射しを浴びると、途端に疲労感がこみ上げてきた。これからまだ買い物をしなければならないのに、へとへとに疲れた頭では何を買わなければならなかったのかも思い出せない。彩花に何か頼まれていたような気もする。

これで、晶子のお見舞いに行こうだなんてとんでもない。彼女も夏バテだろうか。

とりあえず、元気の出そうなものを買って帰ろう。彩花は食欲がないかもしれないけれど、今夜は俊介くんの出る番組があるから、下りてきて食卓にはつくはずだ。冷房の効いたスーパーの中に入り、目に付くものを数点買ってから、車に乗った。

今日もよくがんばった。

カーステレオで俊介くんの曲を聴きながら、ひばりヶ丘への坂道を上っていくときが、真弓にとって一番幸せな時間だった。


【七月三日（水）午前八時〜午後五時二十分】

第四章　高橋家

午後九時二十分――。

駅の改札口で腕時計を見ながら、高橋良幸はため息をついた。今夜もいるのだろうか。

――ママがね、良幸に元気が出るものを作ってあげなさいって。

大学の研究室に泊まり込むことが多く、マンションに帰ってくるのは多くて週に三度だが、そのたびに野上明里《のがみあかり》は良幸が帰ってくる数時間前に部屋を訪れ、食事の準備をしてくれる。人数合わせのために連れていかれた合コンで知り合い、つきあい始めて約半年、初めはチャーハンだのハムエッグだの、休日のおそい朝食のようなメニューだったのが、徐々に手の込んだものになってきている。

それに伴い増えてきた台詞が、ママがね、だ。ママに料理を教わり、ママが献立を考えて、材料まで買ってきてくれるらしい。そして、先日はついにパパまで登場した。

――パパがね、良幸に一度会いたいんだって。

会ってどうするというのだろう。いい人そうとはよく言われるが、かっこいいとは言われたことのない良幸にとって、明里は初めてできた彼女だった。だから、合い鍵が欲しいと言われれば、そういうものかとすぐに渡したし、ご家族はどんな人？　と訊かれればこまかく説明したが、あまり頻繁に家族の話題が登場すると、他のヤツらもこんなものなのか？　とさすがに疑問に感じてしまう。

今日、大学の研究室の友人に、彼女とどんな話をするのかとさりげなく訊ねたら、映画の話とか好きな音楽の話とかありがちな答えが返ってきた。家族のことは？　と訊くと、ほとんど話したことがないと言う。

その話を横で聞いていた女子グループがニヤニヤしながら言ってきた。

——高橋くんのこと、彼氏じゃなくて、結婚相手として見てるんじゃない？

——そりゃないだろ、まだ学生じゃないか。

しかし、女子グループは譲らない。近頃の女子短大生は就活ではなく婚活をしているのだと力説する。

——初めから、自分で働く意志がないのはどうかと思うけど、堅実っちゃ堅実だよね。高橋くんって結婚相手にはよさそうだもん。まじめだし、浮気とかしなそうだし。

良幸に好感を持っているような言い方だが、グループの中で良幸に告白してきた子など誰もいない。合コンの際、自己紹介をするまではまったく女の子たちの視線を感じなかったのに、医学部と言った途端、複数の女の子からの視線を感じるようになった。その中で一番強い視線を送ってきたのが明里だった。しかし、同じ医学部の女子は医学部という肩書きなどまったく魅力的に感じないのだろう。良幸マイナス医学部は、人の好《よ》さそうな男でしかないのだ。

逆もあり得るとするならば、父親は同じ医学部の同級生だった母親のどこに惹かれたというのだろう。良幸が二歳のときに交通事故で亡くなった母親の顔を思い出すことはできず、写真で確認するしかない。良幸そっくりなタヌキ顔。お世辞にも美人とは言えない。そういう顔が好きだという男もこの世にはいるだろうが、次に結婚したのがあの人なのだから、顔が好みだったということはまずあり得ない。

母親には母親の良さがあり、あの人にはあの人の良さがあるのだろう。

あの人の良さといえば、まずは、きれいな顔だ。ママはどんな人？　と訊かれ、かなりきれいな人、と答えると明里は思い切り眉をひそめた。良幸の顔からきれいは想像できず、余程のマザコンだと思われたのか。あわてて今の母親とは血が繋がっていないことを補足した。

——ホントのお母さんじゃないってことは、やっぱり、他のきょうだいたちと差別されてたの？

明里は同情するような目で良幸を見ながら言った。答えはＮＯだ。良幸が四歳のときに母親になったあの人は、最初からとてもやさしかったし、自分に子どもができてからも変わらず接してくれていた。料理が上手で、受験生の頃はよく夜食も作ってくれた。あの人の影響を受けてか、自炊でうどんやラーメンを作るときは、必ず仕上げに溶き玉子を入れるようにしている。

――きょうだいはどんな感じ？　半分だけ血が繋がってるってことだよね。わたしは一人っ子だからよくわかんないけど、本物のきょうだいともまた違う感じなんだろうね、きっと。確執とかあるの？

明里はドラマに出てきそうな先妻の子の気の毒な身の上話を期待しているのだろうか。良幸にとって、比奈子も慎司も「本物のきょうだい」だった。少しずつ大きくなっていくあの人のお腹に何度も耳を当てながら、きょうだいができるのを楽しみにしていた自分を憶えている。

――普通に仲いいよ。妹なんかしょっちゅうメール送ってくるし。実家に帰ると、弟とスポーツ観戦に行ったりもするし。あ、そうだ。「まろからカレー」のコマーシャルに出てる子、何ていうの？　弟にそっくりなんだけど。

――え？　高木俊介？　弟、そんなにかっこいいの？

――俺の弟ですって言っても信じてもらえないくらい、かっこいいよ。スポーツもよくできるし、頭もいいし、自慢の弟かな。

――そっか、だからお母さん、良幸にも親切にしてくれるんだ。

明里は妙に納得したような顔でうなずいた。自分の産んだ子の方が優れているから余裕がある、という解釈だろうか。だが、慎司や比奈子がどうであれ、あの人は同じ態度で接してくれたのではないかと思う。明里があの人を斜に構えて解釈しようとするのは、見たこともない良幸の母親という存在と張り合っているからかもしれない。

それは結婚を意識しているということか。明里のことは嫌いではない。自分と並んで歩くには、もったいないくらいかわいいと思う。思ったことをすぐ口にするところがあるため、人混みにいるときなどはひやっとすることもあるが、素直で裏表がないのだと思えば、かえってつき合いやすい。だが、結婚となるとどうなのだろう。

もちろん、今のまま順調に何年も交際が続いて結婚に至るのなら、何の問題もない。しかし、就職活動もせず、学生のうちから依存心を丸出しにされてしまうのはかなり重い。卒業まではまだ一年半もあるし、そこからだって、すぐに安定した収入を得られるわけではない。少なくとも二十代のうちは苦労続きのはずだ。それに、人一倍の苦労をしなければならないのなら、そうやって手に入れた金を自由に使ってみたいとも思う。親孝行だってしてみたい。

今年の正月に帰省した際、比奈子と約束をしたことがある。

――まだちょっと先だけど、パパとママの銀婚式は海外旅行をプレゼントしてあげたいな。

そう言われて気が付いた。あの二人は自分がいたせいで、新婚旅行に行けなかったのではないだろうか。家族旅行には何度か出かけたことがあるが、二人きりでというのはないはずだ。

――じゃあ、費用は俺がなんとかするから、比奈子と慎司でどこがいいかこっそり聞き出して計画を立ててくれよ。

そう言うと、比奈子は嬉しそうに親指を立て、まかせて、と笑った。

どう考えても、結婚はまだ先だ……。

マンションの前まで帰ると、二階の奥の部屋に灯りがともっていた。いつもはそれが嬉しかったはずなのに、余計なことを考えてしまったものだから気が重い。立ち止まって、一度、大きく深呼吸した。

落ち着け。女子グループにからかわれたのは今に始まったことではない。自分たちに彼氏がいないものだから、ひがんでいるのだ。そんなヤツらの口車に乗せられて、結婚など明里の前で口にしようものなら、逆に引かれてしまうのではないか。単に、明里の家の親子仲がいいだけなのだろう。自分だって比奈子に、彼氏はいるのか？ と訊いたことがある。いない、と言われ、できたら紹介しろよ、とも言った。それと同じだ。

外階段を上がり、玄関ドアを開けると、濃厚なデミグラスソースの香りがもわっと顔を覆ってきた。この暑いのにビーフシチューかとやや胃がもたれそうな気分になったが、冷房でキンキンに冷えた部屋に入った途端に食欲が湧いてきた。

おかえりなさい。玄関を上がってすぐのところにあるキッチンスペースで鍋をかき混ぜていた明里が、振り向いて言った。

「すごい汗だね。さきにシャワーあびて、さっぱりしてきたら？ そのあいだに食事の準備をしておくから、ね」

明里はコンロの火を弱火にして、良幸の手からデイパックを取ると、キッチンの向かいにある浴室のドアを開けた。

「ついでに、洗濯機もまわしておくね」

洗濯機はベランダに置いてある。されるがまま、言われるがままに浴室に入った。洗面台に置かれた赤いキノコの歯ブラシ立てには、良幸と明里の歯ブラシが二本、新しいものに取り替えられていた。バスタオルも洗濯したてだ。うっすらと湯あかが滲んでいたはずのバスタブもきれいに磨かれていた。

シャワーで熱めの湯をあびているうちに、自分はとんでもなく幸せなのではないかと思えてきた。風呂から出てテーブルの前に座れば、明里は冷凍庫で冷やしたグラスとビールを持ってきて、注いでくれるはずだ。それを飲んでいるうちに、テーブルの上にはビーフシチューやサラダの皿が並べられる。自分はそれを腹一杯食べるだけ。結婚もありかもしれない。両親に会うのだって、食材やビールを買ってもらったりしているのだから、会わないでいるのは失礼にあたるのではないか。

今度、家の人に直接お礼を言いたいんだけど、大丈夫かな？　そんなふうに言ってみよう。明里がどんな顔をするか楽しみだ。

浴室から出ると、キッチンスペースに明里の姿はなかった。コンロの火は消えている。部屋に入ると、テーブルの上にサラダの入ったガラス皿がすでに並べられている。その向こう、明里はベランダに出るガラス戸の前にペタリと座りこんでいた。携帯電話を握りしめて、うつむいている。

「何か、あった？」

訊ねても、返事はない。具合でも悪いのだろうかと肩に手を掛けると、明里はびくっと大袈裟《おおげさ》なほど体を振るわせて、座ったまま後ずさった。逃げ出したいが立ち上がることができず、ガラス戸に背中をつけたまま、小さく固まっているように見える。風呂に入っていた二十分くらいのあいだに何が起こったというのだろう。何かよくない知らせでもあったのだろうか。

両手に包まれた携帯電話に目を向ける。良幸のものだ。

「何で、俺のケータイ持ってんの？」

不愉快ではあったが、なるべく穏やかに言うと、明里は顔を上げ、黙って携帯電話を良幸に差し出した。悪びれる様子もなく、かといって、開き直る様子もない。無表情のまま。怒っているのだろうか。研究室の女子グループの誰かが送ってきたメールを読んで、何か勘違いでもしているのかもしれない。

良幸は携帯電話を開いた。

七月四日（木）、午後九時四十分——ほんの十分前に届いたメールがある。

なんだ、比奈子からじゃないか。

——何度電話しても出ないからメールにします。警察からは、もう連絡行った？

わたしは晶子おばさんちにいるけど、なんだかもう、最悪。おじさんは自分が殺人犯の親戚だとバレるのがイヤで、わたしを追い出したがってる。まあ、当然だよね。もしわたしがここの家の子なら、おじさんに賛成してると思う。

晶子おばさんはどうにかして、犯人はママじゃないとか、正当防衛とか、そういう方向に持っていきたがってるみたい。慎司犯人説まで挙げてる。おばさんにとってはそっちの方がいいよね。姉が人殺しより、甥っ子が人殺しの方が、少しばかり他人ってことになるんだもん。

それでいくと、わたしも慎司が犯人の方がいいかな。両方家族とはいえ、ママの血は受け継いでいるけど、慎司は同じ親から生まれてきただけじゃない？　材料に不備があったら、製品であるわたしにも不備が見つかりそうだけど、製品に不備があるのは、それだけが不良品って考え方ができるもん。

そうなると、お兄ちゃんはママが犯人の方がいいのかな。

でも、世の中の人はそんなに深く考えないか。

家族は家族。それなら、誰かよその人に迷惑かけたわけじゃないんだし、わざわざ世間に公表しなくたって、そっとしておいてくれればいいのにね。なんで、わたしたちのことを知らない人にまで、わが家で起こったことを知らせなきゃいけないんだろう。わたしやお兄ちゃんのことなんて、ちっとも考えてくれてないよね。

もしかして、慎司はそれが怖くて逃げ出したのかな。あの子、ナイーブだから。ケータイも財布も持たずに、どこ行っちゃったんだろう。

とりあえず、疎ましがられてまでここに置いてほしいわけじゃないので、明日、家に帰ります。できたら、お兄ちゃんにも帰って来てほしい。


比奈子からのメールを三回読み返した後、他にメールが届いていないか確認したが、明里からの「今夜はビーフシチューだよ」というメール以外、何も届いていなかった。家に固定電話は置いていない。研究室にこもっていた三日間、携帯電話の電源を切っていたため、電話の着信があったかどうかはわからない。

「ねえ、このメール何なの？　殺人犯の親戚とか、どういうこと？　お兄ちゃんってことは、妹からのメールよね。ママが犯人なんて、何かの冗談じゃないの？」

比奈子に電話で確認しようと、アドレスを開いた良幸の腕を後ろから明里がひっぱる。

「悪い、それどころじゃないんだ」

振り返るのももどかしい。

「そんなにあわてて、妹の冗談じゃないのね。良幸の実家ってY県だよね。これって、昨日の夜中、正確には今日になるのかな。Y県の、たしかS市だっけ、そこの高級住宅地で奥さんが旦那さんを殺した事件のことじゃないの？」

携帯電話を閉じた。振り返ると、明里は先ほどの様子が嘘のような、しっかりとした顔つきで良幸を見上げていた。

「知ってるの?」

「ニュースで見た。お昼ごろから、どの局でも、何度もやってる。エリート医師を美人妻が口論の末、部屋にあった置物で後ろから殴ったって」

明里の言葉を聞き終わらないうちにデスクトップ型パソコンを起動させた。ニュースなどほとんど見ない明里ですら知っているくらい、大きな事件として報道されているのか。それなのに、自分だけが何も知らない。

Y県、医師、高橋、この三つのキーワードで検索した途端、溢れるように見出しが並んだ。その中から、大手新聞社のものを選んでクリックすると、いきなり父親の名前とあの人の名前が目に飛び込んできた。


七月四日木曜日、午前零時二十分頃、Y県S市にあるS消防署に「夫がケガをした」と通報が入った。救急隊員が駆けつけると、Y大学付属病院に勤務する医師、高橋弘幸さん(五一)が後頭部から血を流して倒れていた。高橋さんは病院に運ばれた直後、死亡が確認された。妻の淳子容疑者(四〇)は警察に、部屋にあった置物で自分が夫を殴ったと供述している。事件当時、現場となった高橋さんの自宅には高橋さんと淳子容疑者しかおらず、警察では二人のあいだに何かトラブルがあったとみて調べを進めている。

二十数時間前に実家で起きた事件。警察に通報したのはあの人自身で、父親を殴ったことも自供している。だが、良幸はあの人が父親に危害を加える姿を想像できない。口論になるところすら想像できない。父親は無口で穏やかだが、自分の意志は絶対に曲げない。亡くなった母親とは、学生時代一晩中口論していたこともあった、と成人式の晩、父親と二人で飲んだとき聞いたことがあったが、あの人は父親の言うことにはすべて従っていた。

それは、服従ではなく、尊敬だったと思う。

「ねえ、良幸、本当に良幸の家のことなの？　黙ってないでなんとか言ってよ」

パソコンの画面に釘付けになっている良幸のＴシャツの裾を明里がひっぱる。

「関係ないだろ！」

つい、大声を張り上げてしまう。今はとにかく、実家で何が起こったのか知りたかった。警察にも連絡を入れなければならないし、比奈子や慎司のことも気になる。事件当夜、二人はどうしていたのだろう。記事には、自宅には高橋さんと淳子容疑者しかおらず、としか書いていない。平日の夜中だというのに、比奈子も慎司もどこに行っていたのだろう。もっと、調べなければ。画面を戻して、他の見出しをクリックしようとしたが、いきなり、ピュンという音とともに画面が黒くなった。明里がパソコンの電源を突然切ったのだ。

「何すんだよ」

「何よ、パソコンなんかに釘付けになって。まずはわたしに説明するべきなんじゃない？」

「何で？」

「今こうしてここにいるからよ。わたしは殺人事件の関係者と二人きりでいるのよ。あんなメール見せられて、怖くてたまんない。どうしたらいいの？　わたしは」

殺人事件の関係者、明里ははっきりとそう言った。怖くてたまらない、それは人殺しの息子と一緒にいるから、ということだろうか。

「怖いんなら、帰ればいいじゃん」

「何も言ってくれないまま帰っても、不安なままでしょ」

「俺は何も知らない。多分、明里よりも何も知らない。さっきのメールで初めて知ったんだから。勝手に人のメール盗み見して、不安だ、怖い、説明しろだなんて、非常識にもほどがあるだろ！」

非常識にもほどがあるだろ！　自分が張り上げた声なのに、一瞬父親に怒鳴られているような錯覚を起こした。成績のことで怒られたことはなかったが、他人に迷惑をかけるような行為に関しては、そんなふうに怒られていた。電車のシートに靴を履いたまま膝をつき、外の景色を眺めていたとき。道路にチョークでらくがきしたとき。

手を上げられたことはない。たったひと言怒鳴られただけで、身が縮み、涙がこぼれた。見ると、明里もぼろぼろと涙をこぼしていた。

「盗み見しようとしたんじゃないもん。いつもケータイの電源切ってる良幸が悪いんじゃない。

メール送ったのに返事がなかったから、バッグから出して見たの。やっぱり切れてて、電源入れたら、わたしのメールと一緒に女の子の名前が表示されたのが届いて……。誰だろうって気になって、ちょっとだけ確認しようと思っただけだもん。あんな内容だってわかってたら、わたしだって見ないわよ」

それだけ一気に言うと、明里は声をあげて泣き出した。それでも盗み見したことには変わりない。だが、恋人が毎回メールチェックをするという友人の話などは聞いたことがある。明里はそんなことはしないだろう、とは思わなかった。もしかしたら風呂に入っているあいだに見ているかもしれないな、と思ったこともある。自分に届くメールなど連絡事項がほとんどで、つまらないものばかりだろうから、盗み見のしがいもないのではないかと開き直っていたくらいだ。まさか、比奈子からあんなメールが届くとは夢にも思っていなかった。浮気疑惑ならどんなに楽だっただろう。

「事情がわかったらちゃんと説明するから、今日は帰ってくれないかな。妹や弟が心配なんだ」

「わたしより、きょうだいの方が心配だっていうの？　わたしって良幸にとってそんな存在？良幸が今、遠くにいるきょうだいの心配をしても何もできないじゃん。でも、わたしは目の前にいるんだよ。わたしを守りたいとは思ってくれないの？」

守る？　何からだろう。どう考えても非常事態はこちらのはずなのに、明里は自分が一番大変だと思っているのだろうか。

「勘弁してくれよ。どうすりゃいいんだ?」

「一緒にいて、怖いから。親のこともきょうだいのことも考えずに、わたしのことだけ考えてほしい」

怖いのは、殺人事件が起こった家の息子といるからではないのか。この部屋から出ていけば、事件は明里にとってきれいさっぱり他人事になる。詳細が知りたいのなら、明里自身がテレビやネットで調べればいいだけだ。

帰れと言って無理にでも追い返そうか。それとも、ここにいれば満足するのなら、好きなようにさせてやればいいのか。今すぐ出れば、夜行バスには間に合うはずだ。黙ったままパソコンデスクの前に座っていると、明里はキッチンスペースのラックからラップを持ってきて、サラダの入ったガラス皿を覆い始めた。

「今は何ものどを通りそうにないから、わたしのは片付けておくけど、良幸はどうする?」

空腹は感じるが、固形物がのどを通っていくような気はしなかった。無理やり飲み込む想像をしただけでえずきそうになってくる。そのまま首を横に振ると、明里は良幸の皿にもラップをかけ、二つの皿を冷蔵庫に運んだ。

たったそれだけの動作なのに、ガチャガチャという音が耳に付き、無性にいらいらしてきた。その気持ちを抑えるために、両手の拳を強く握りしめた。

午後十時五十分——。

浴室のドアをぼんやりと見ながら、何をしているのだろうと思う。

実家で大変なことが起きたと知ったのだから、すぐにでも帰るべきなのに。夜行バスにも、もう間に合わず、交通手段が何もないからだろうか。だが、それは言い訳のような気もする。夜が明けて、電車やバスが動き始めても、自分はそれらに乗り、実家ではなく学校へ向かうのではないか。明日の実習は単位取得のために絶対に休むことはできない。まだここにいるのは、遠い実家で起こったことよりも、そちらの方が大切だと思っているから、かもしれない。

そういうものなのだろうか……。

サラダを片付けた後、明里は風呂に入り、良幸はその間に比奈子にメールを送ろうと思ったが、どこを捜しても携帯電話は見あたらなかった。明里が浴室に持って入ったとしか考えられない。

そこまでして妹と連絡をとらせまいとする理由がわからない。仕方なくパソコンを起動させたが、突然切られた処理をしているあいだに、明里が浴室から出てきた。いつもの半分以下の入浴時間で出てきたことになる。今度は突然切るどころでは済まないような気がして、あわててシャットダウンした。

リモコンでテレビをつけ、ニュース番組に替えようとすると、その前に主電源を切られた。

我慢の限界だ。主電源を入れようとテレビに近づくと、明里がその前に両手を広げて立ちはだかった。髪も乾かさずに出てきているため、頬に水滴が流れている。

「良幸は怖くないの？　自分の親が殺されたとか殺したとかっていうことが、テレビで全国に流されてるんだよ。知ってる人も知らない人も、みんなが見てるんだよ。パパとママの写真だって出てるし、モザイクかかってたけど家も映ってた。そういうの見るの、怖くないの？」

　怖いとは、そういうことだったのか。確かに、ネットで検索をして、文字で父親とあの人の名前を見ただけでぞくっとした。映像から受ける衝撃はその何倍も強いかもしれない。だが、知りたいのだ。と同時に、こんな知り方をしてもいいのだろうかとも思う。

　テレビやネットから得る事実は他人にとっては真実かもしれないが、身内の自分にとってもそうなのだろうか。それほど自分はマスコミを信用していただろうか。その場限りの報道で、内容が二転三転することなどしょっちゅうではないか。

　すべて無駄なことなのかもしれない。

「もう、パソコンもテレビもつけないから、髪、乾かしてきたら？」

　そう言うと、明里はしくしくと泣き出した。彼女なりに気づかってくれていたのだ。両手を伸ばし、肩を抱き寄せようとした……が、明里は逃げるように後ずさりし、浴室に駆け込んだ。風呂は短かったのに、ドライヤーの時間はいつもの倍以上長かった。

　これは別に布団を敷いた方がいいかもしれないと、押し入れを開けて客用の敷布団を出そうとしたら、背後から肩に手を掛けられ、どうして？　と言われた。さっきのは気のせいかと思い、一緒にベッドに入ったが、いつもなら腕枕をねだってくるのに、端の方でこちらに背を向けたまま、動く気配がまったくない。

やはり、「怖い」には別の意味もあるのだろう。自分から手を伸ばすのはやめて、良幸もできるだけ端に寄り、リモコンで部屋の電気を消すと、気をつけの姿勢のまま目を閉じた。

「ねえ、怒ってる？」

つぶやくような声だった。気持ちは落ち着かないが、怒ってはいない。明里に対してそういう立場ではないような気がする。怒ってないよと答えるのも何か違うのではないか。どう答えればよいのかわからず、寝たふりをすることにした。

自分の身に何が起きたのだろう。父親が死んだ、殺された。父親を殺した、殴ったのはあの人、義理の母親、戸籍のうえではそうだが、意識したことはない。加害者は母親。場所はひばりヶ丘の自宅。比奈子と慎司はそのとき家にいなかった。比奈子は今叔母の家にいて、慎司は行方不明？　これが家族の身に起こったこと。

自分の身には、何も起こっていない。

少なくとも、ここにいる限りはこの先も、何も起こらないのではないか。寝てしまえば何の問題もない。

「良幸、お医者さんになれなくなっちゃうのかな」

明里がまたつぶやいた。

「大学辞めて、実家に帰っちゃうのかな。そうしたらもう会えなくなるね」

そう言って寝返りを打つと、良幸の腕にそっと手を伸ばしてくる。

「でも、実家で暮らす方が大変だよね。近所の人たちはみんな事件のこと知ってるだろうし、良幸がそこの家の子だってことも知ってるだろうし、そんなんだと、仕事捜すのも大変だよね」

明里の手は腕をつたい、良幸の頬に伸びてきた。

「パパ、良幸と別れろって言うかな。ママも、二度とここに来ちゃだめって言うかもしれない。そうなったら、どうする？」

耳に触れ、髪に触れ……。

「ねえ、どうするの！　なんとか言ってよ！」

いきなり起きあがり、二人で掛けていた薄い夏布団を引きはがすと、握りこぶしで良幸の胸をドンドンと叩き出した。

「ねえ、ねえ、ねえ！」

叩く手に徐々に力がこもり、良幸は軽く咳き込んだ。気の済むまでやらせておけばいいと思ったが、明里の手は止まらない。ねえ、と言う声が涙混じりになり、ついにはダムが決壊したかのように泣き出した。

明里の泣く理由がわからない。

どうにかして学校は出て、がんばって医者になるよ。明里のご両親に反対されても、俺は明里が好きだ……とでも言ってやれば満足するのだろうか。

泣きたいのはこちらの方だ。父親が死んだというのに、その事実を深くかみしめることもできずにいる。いっそ、自分が出て行こうか。一晩中この状態が続くのなら、ファミレスでコーヒーでも飲みながら夜を明かす方がまだマシだ。マンガ喫茶でもいい……慎司は、どこにいるのだろう。

「あのさ、中学生が、家出するとしたら、どこに、行くと思う？」

明里の手が止まった。

「はあ？　今そんな話してないでしょ」

「でも、メール見たから知ってると思うけど、弟が行方不明なんだ。財布もケータイも持ってないみたいだし、どこに行ったんだろう」

「友だちの家にでも行ってるんじゃないの？　男の子だし、公園で寝ようが、駅で寝ようが、二、三日くらいならどうにでもなるだろうし、それがきつくなったらひょこっと帰ってくるわよ」

慎司はそれほど強いだろうか。自分や比奈子は親に隠れて羽目を外すこともたまにあったが、慎司のそういうところは見たことがない。そんな慎司が駅や公園で寝ることなどできるのだろうか。そういえば……。

「ねえ、それより」

「ちょっと、黙ってて」

外で寝ていた慎司を見たことがある。去年の夏だったか、高速バスで帰省したときだ。朝六時にバス停に着いたら慎司が待合室にいた。椅子に座ってうとうとしている慎司の肩を叩くと飛び上がるようにして目を覚まし、辺りをきょろきょろと見ていた。迎えに来てくれたのか？と訊くと、散歩がてらね、などと言っていたが、あれは本当にそうだったのだろうか。慎司が迎えに来てくれたことなど、それまで一度もなかった。二人で家に帰った一時間後、模試があるからと出て行ったが、そんな日になぜわざわざ迎えに来てくれたのだろう。もしかすると、迎えなど関係なく、慎司はもっと前からあそこにいたのかもしれない。何をしに？

「何、その言い方」

「黙れ！」

慎司が出て行ったあと、あの人が妙にそわそわしていた。それを見ながら比奈子が、「昨日からずっとこの調子。ママったら慎司の模試になるとこうなんだよ。別に今日結果が出るわけじゃないし、たかだか模試なのに」と耳打ちしてきた。模試の前日、あの人からの期待が重すぎて、逃げ出したのだろうか。

「もう、知らない！」

背中を思い切り蹴られ、ベッドから下りると、後頭部に枕が飛んできた。良幸の枕を投げつけた明里はベッドの真ん中に陣取り、布団をからだに巻き付けている。ふて寝のアピールか。枕だからよかったものの……。後頭部に触れてみる。

あの人は何で殴ったのだろう。殴らなければならないほどの何が起こったのだろう。

ベッドから規則正しい呼吸が聞こえてくる。こんなときに即、寝られるとは。泣き疲れたのだろうか、それとも、やはり他人事なのだろうか。

せっかく明里が眠ったというのに、深く考えようとすればするほど、良幸のまぶたも重くなってきた。明里の投げた枕を引き寄せ、そのままフローリングの上に横になり、目を閉じると、もう何も考えられなくなってしまった。

*

午前七時――。

脚に鈍い痛みが走り、目が覚めた。テーブルの脚にスネをぶつけたようだ。起き上がってベッドを見るが、明里の姿はない。テーブルの上にはメモ用紙が一枚あった。

――お母さんとは血が繋がっていないんだよね。

これが一晩考えて明里が出した結論か。言い換えると、加害者とは血が繋がっていないんだよね、ということか。だからよかったね、とでも言いたいのだろうか。そんな簡単に割り切れる問題じゃないだろう。だいたい、おまえなんかまったくの他人じゃないか。なのにまるで自分が一番迷惑をこうむったかのように大騒ぎ。どういう思考回路をしているのだろう。

メモ用紙を丸めてゴミ箱に放り投げる。外れたゴミを拾うために立ち上がり、そのままパソコンデスクの前に座ると、スイッチを押して起動させた。やはり、調べてみよう。ようやく邪魔者が帰ったのだから。

新聞社のページからは、昨夜以上の情報を得ることはできなかった。どこの新聞も同じことしか載せていない。週刊誌のページを見てみると、「美人妻、愛のねじれか、エリート医師の夫を撲殺！」と見出しだけは大袈裟だが、内容はほとんどかわらない。学校名は伏せてあるものの、比奈子や慎司の通う学校の写真を掲載しているところもある。吐き気がしそうだった。

個人のブログはどうだろう……。

——じゅんこたんもえ。警察にやらせまくって無罪確定！　おれにもやらせろ。

——このたびの事件もまた、格差社会の弊害なのではないだろうか。世の中が二極化することにより、ただ金を持っているというだけで驕り高ぶった人間が、己の卑劣な欲を満たすためだけに人殺しをするのである。そういう者こそ極刑に処すべきだ。

——あの奥さんおとなしそうな顔してるけど、ああいう人に限ってどす黒いこと考えてるんだよね。絶対、計画的にダンナを殺してる！　キャッ、コワイ。

――これ、あたしのクラスの子の家で起こった事件なんだよね〜。超キモイ……。二度と学校くんな！

――真犯人は5番くん。た◯は◯し◯じ（てへっ、書いちゃった）。

空っぽの胃袋から胃液がこみ上げてきた。

何だ、これは。こいつらはいったい何者なんだ。

良幸の周囲にもブログをやっている者はいる。映画や音楽の感想とかを日記がわりにね、とそいつは言っていたが、これが日記なのだろうか。ナルシストが駄文を書き連ねているうちに、評論家にでもなったつもりでいるのではないか。

父親が、母親が、自分の家族が、こいつらに何の迷惑をかけたというのだ。比奈子や慎司は被害者じゃないか。二人とも大丈夫なのか。

携帯電話を捜したが見あたらない。明里が持って帰ったのか。

だが、こんなところで腹を立てている場合ではない。もっと、やらなければならないことがあるのではないか。パソコンをシャットダウンした。

冷蔵庫からミネラルウォーターのペットボトルを取り出し、そのままごくごくと飲み干すと、コンロに火を点けた。

まずは食べる。そして……。


午後九時――。

ひばりヶ丘からの坂道を下りきった海岸通り沿いにある、高速バスセンターの待合室には高橋比奈子を含め七名が、三席ずつが向き合う形で並んだビニールシートのソファに間隔をあけて座っている。他の六名が午後十時発の青色のバス「大阪行き」に乗るのか、十時三十分発の赤色のバス「東京行き」に乗るのか、夕方からずっとここにいるが、比奈子にはわからない。サラリーマン風の三人は椅子に深く腰掛けてうとうとしているし、大学生風の三人は同グループのように並んで座っているが、それぞれが携帯電話を開き、無言で操作している。

比奈子もバッグのポケットから携帯電話を取り出して開いたが、すぐに閉じた。開いて閉じて、ネジがゆるんでしまうのではないかと思うくらい、同じ動作を繰り返している。誰かに連絡を取りたいが、誰にメールを送ればいいのかわからない。誰からもメールが来ない。もちろん着信もない。

とりあえず、叔母の晶子には兄のところへ行くとメールを送った。黙っておこうかと思ったが、比奈子の滞在先として伝えてある叔母の家に、いつ警察から呼び出しがかかるかわからない。そんなとき黙っていなくなったのでは、慎司と同様、行方不明扱いされてしまう。だが、メールを送って三時間経つというのに、叔母からの返信はない。

今から行くとメールを送ったものの、兄からの返信もなかった。切符売り場の残席表を見ると、大阪行きには二重丸がついているから、返信を待って切符を買おうと思っているが、出発時刻までついに一時間をきってしまった。

お正月に帰ってきたとき、ほとんど毎日研究室にこもりきりと言っていたけれど、医学部の研究室というのは病院と同じように携帯電話の電源を切っておかないといけないのだろうか。だとしたら、メールはセンターに保管されたままになっている。だから、メールを見ていないのかもしれない。

そもそも「あれ」——事件とは言いたくない——のことを知っているのだろうか。旅行にでも行っていて、マンションにも大学にもいなかったらどうしよう。悩んでいても、他にいくところも思い当たらず、待合室の隅に座っているしかなかった。携帯電話を取り出しては開き、兄に送ったメールを読みかえしてみる。送信先はちゃんと兄のアドレスになっているだろうか。こんなもの、間違えて他人に送って読まれてしまっては最悪だ。

ゲームでもしようかと思ったが、肝心なときにバッテリーが切れても困る。携帯電話をバッグのポケットに戻し、ぼんやりとガラス張りの戸口を見ていると、サラリーマン風の男の姿が見えた。キャスターがついたカバンを片手で引き、もう片方には大きなカップを持っている。カップが熱いのか、一度カバンを立て、あいた手でカップを持ち替えた。自動ドアが開き、男が入ってくると待合室中に濃厚な、みその香りが漂った。

カップラーメンだ。

自己主張の強いみその香りに惹かれ、待合室にいる全員が、向かい合わせになった中央の椅子に座っておいしそうにラーメンをすする男の方をちらちらと見ている。つい最近、同じようなものを食べたばかりだというのに、比奈子もやはり、香りにそそられ男の方を見た。

昼食は、学校に行く前に晶子に作ってもらったチャーハンを数口食べただけ。カラオケボックスで彩花の残していったポテトは見るだけで吐き気がした。食欲はまったくない。けれど、大阪まで約七時間、何か食べておかなければ乗り物酔いを起こしてしまうかもしれない。何か買っておけばよかった。待合室の端にある売店は午後八時にシャッターが下りていた。待合室から出て、道路を挟んだ向かいにあるコンビニエンスストアに行くことにした。

そのまま渡ってしまうのが一番の近道だが、四車線ある道路は、途絶えることなく大型トラックが走っている。

信号を渡った方が早そうだ。五十メートル先の横断歩道に向かおうとしたが、行き交うトラックの間から、背の高い人影が見えた。比奈子はあわてて向きを変えると、走って道路を横切った。盛大にクラクションを鳴らされたが気にしている場合ではない。どうにか渡りきってさらに歩道を三十メートルほど走ると、黒いTシャツ姿の背後から肩に手をかけた。

「慎司！」

遠目でちらっと見えただけだが、すぐに確信した。

「姉ちゃん……」

力なく振り返った背の高い少年はやはり慎司だった。

「こんなところで何してんのよ！」

すがるような目をして振り向いたくせに、語気を荒らげた途端、慎司は背中を向けて駆けだした。

「待ちなさい！」

すぐに追いつく。今度は逃げられないように両手で腕をつかんだ。

「わたしも走るの速いって、忘れてたでしょ。自分一人がママの子だって思ってるかもしれないけど、こっちもあんた以上に受け継いでるもんがあるんだから」

この状況で、ママ、と口に出したことに自分で驚いた。だが、慎司がそのときにピクリと反応したことも見逃さなかった。

「逃げてもムダ。ちゃんと、話しなさいよ」

両腕にさらに力を込め、慎司の顔をまっすぐ見上げたが、目をそらされてしまう。

「黙ってちゃわからないでしょ！」

トラックの音に消されないよう声を張り上げると、ぐうとお腹が鳴った。こんなときにと情けない気分になるが、続けて慎司のお腹からさらに大きな音が鳴った。思わずぷっと噴き出すと、慎司も少し目尻を下げた。その端に涙がたまっている。

身長は三年前に追い越されていたが、目の前にいる弟がなぜだか急に小さく見えた。

弱虫、慎司！　いい子ちゃん、慎司！　からかうといつも涙ぐんでいた昔のままだ。

「お腹がすいてると、みじめさ百倍増しだよ」

黙ったままの慎司の手を引き、コンビニに入った。

スマイルマート・海岸通り店。品揃えも棚の配置もひばりヶ丘店と同じだ。慎司はあの晩、コンビニにいたらしい。母親が警察に言っているように、本当に気分転換でコンビニを訪れ、その間に「あれ」が起こったのだろうか。それとも、慎司が「あれ」を起こして逃げ出した、もしくは、ママがなんとかするから慎ちゃんはどこかへ行ってなさい、と母親が慎司を逃がしたのだろうか。

あの晩のことを思い出してまた逃げ出したりしないだろうかと、慎司の腕をつかむ手に力を込めると、逆に、慎司が空いた方の手で、比奈子の腕を強くつかみかえしてきた。見上げると、視線はどこだかわからないところをさまよっているようだった。

怯えているのだろうか。見つけたときは、何が何でも真実を聞き出してやろうと思っていたが、徐々に怖くなってきた。警察から「あれ」について聞かされたときは、まるで他人事のように頭の中に入ってきて、じわりじわりと自分のことなのだと実感していったけれど、慎司の言葉は頭の外から直撃してくるような気がする。一度、庭で慎司の投げたバスケットボールが顔面に当たり、頭の外も内もしばらくジンジンとしびれ、意識が遠のきかけたことがあったが、そんなふうになってしまうかもしれない。

お兄ちゃん、どうしたらいい？

祈るような気分で携帯電話の入っているバッグのポケットに目を向けたが、受信を知らせるランプは点滅していなかった。


午後九時三十分――。

コンビニでカップラーメンを買い、その場で熱湯を注いでもらうと、比奈子と慎司は横断歩道を渡り、バスセンターの裏手にある防波堤に、海に背を向け、並んで座った。目の前には待合室とバスのロータリー、その横手は堤防沿いに暗闇が広がっている。倒産した食品会社の倉庫がかつてあった場所で、今は更地になっており、街灯などは何もない。こんな不気味な場所があるから、海の辺りは治安がよくないと言われているのではないかと比奈子は思う。

待合室の中の方が冷房が効いていて快適だが、慎司と二人でいるところを誰にも見られたくない。テレビや週刊誌に自分たちの写真は出ていないのだから、気にすることはないのだろうが、一人では大丈夫でも、二人でいると殺人事件の起こった家の子だとばれてしまうような気がする。それに、人の食べているものの香りにつられて同じものを買ってきたと思われるのは、気恥ずかしかった。

外はそれほど悪くなかった。潮風が心地よく、半袖の腕が肌寒く感じるくらいで、熱いラーメンを食べるにはちょうどいい。

比奈子も慎司も無言でラーメンをすすった。食べているあいだは無口になっても気まずくないし、余計なことを考えなくてもいい。徐々に箸にからんでくる麺の量が少なくなっていくのが残念でたまらなかった。

食べ終わってしまったら、どうすればいいのだろう。慎司の携帯電話と財布は家にあった、と警察から聞いている。比奈子の財布の中に、二人分の高速バス料金はない。

「海から見る夜景もきれいだね」

ちびちびとスープをすすりながら、バスセンターの向こうの、山側を見上げた。ゆるやかな傾斜にそって、光の絨毯が延びている。

「……うん」

ようやく慎司が声を出した。

「山からと海から、慎司はどっちが好き?」

「両方、いっぺんに見たい」

「ヘリコプターにでも乗るの？　贅沢ぅ」

「……観覧車」

「えっ?」

「ここの空き地に観覧車ができるんだ。ネットの市の掲示板に載ってたけど、知らない？」

「そんなとこ見ないもん。町おこしのために、遊園地でもできるの？」

「いや、観覧車だけだって」

「それじゃあ、観光客来ないいんじゃない？」

「でも、日本一大きいんだって」

「それはすごいかも。夜景も、海と山ばっちり両方見られそうだよね」

夜空にそびえる観覧車を想像するだけでドキドキしてきた。この地域の人たちは、山は上流、海は下流などとこだわっているが、観覧車に乗って両方を一度に見下ろすことができれば、どんなふうに思うだろう。だが……、自分や慎司は観覧車が完成する頃もここにいるのだろうか。

夜景を見上げるのをやめ、時間をかけてスープを全部飲み干した。見ると、慎司もスープを全部飲み干していた。母親がこの場にいたらどんな顔をするだろう。カップラーメンを外で食べるなんて。いや、こういうのを嫌うのは父親だったかもしれない。休日の朝、パジャマのまま新聞を取りに外に出たら、思い切り顔をしかめられた。

兄は小さな頃、たまに怒鳴られていたことがある。比奈子は怒鳴られたことはないが、父親に太い眉をひそめられると、声に出して怒られるよりもズシンとくるものがあった。慎司は末っ子だから甘やかされていたのか、兄や姉を見て学習していたのか、怒鳴られたことも眉をひそめられたこともなかったような気がする。

この先も、永遠にない。

「今までどこにいたの？」

「……そのへん」

「夜は？」

「マンガ喫茶」

「友だちの家とかじゃ、ないんだ」

「こんな状況で泊めてくれる友だちなんて、いないよ」

「そりゃ、そうだ」

空になったカップラーメンの容器を見た。歩美と二人で、こんなものをこっそりと食べながらクスクス笑いあえたのは、平和な基盤があったからこそだ。

「わたしにもいない。——どうして行くとこないのに、逃げたの？」

「……から」

「聞こえない」

「僕が消えると、思ったから」

「消えるって、命の危機を感じたとか、そういうこと？」

「違うよ。僕が僕でなくなりそうだったから」

慎司はそう言って立ち上がると、比奈子の手から空になった容器と割り箸を取り、待合室の入り口前にあるゴミ箱まで捨てに行った。慎司の言葉の意味が理解できず、ポカンとしているうちに距離をあけられてしまったことに気付き、腰を浮かせたが、慎司が逃げ出す気配はなかった。ゴミ箱の横にある自動販売機の前に立ち、ポケットから小銭を取り出している。種類の違うペットボトル入りのスポーツ飲料を二本買って戻ってきた。

「好きな方取って」

比奈子の前に二本差し出す。一・五メートルくらいありそうな防波堤に座っているというのに、立っている慎司とほぼ同じ高さの目線だ。こんなに背が高いんじゃ、逃げ切れないだろうな。どちらでもいいやとレモン味の方に手を伸ばしたが、ふと止めた。

「慎司、お金持ってるの？」

「うん」

慎司は財布を持っていないものとして、コンビニでカップラーメンを買ってやった。家から逃げ出して以来何も食べてないのではないかと思っていたが、ラーメンを食べる慎司はまったくがっついた様子ではなかった。

「いくら持ってんの？」

「五千円くらい」

「そんなに！」

ポケットに小銭がいくらか入っていたのかと思ったが、まさかの金額だ。

「財布とケータイ、家にあったって聞いたけど」

「お金は借りたんだ」

「誰に？」

「向かいのおばさん」

「いつ？」

「あの晩、コンビニで」

そういえば彩花も、事件当夜、母親が「スマイルマート・ひばりヶ丘店」で慎司に会ったと言っていた。

「ちゃんと説明して」

「コンビニで財布を忘れたことに気付いて、ちょうど向かいのおばさんがいたから、千円貸してくださいって言ったら、こまかいのがないからって一万円貸してくれたんだ」

「よその人に借りてまで、買わなきゃいけないものだったの？」

「そうじゃないけど……」

慎司は口ごもりうつむいた。財布を忘れたからといって、比奈子なら余程の状況でない限り、向かいの家のおばさんからお金を借りようとは思わない。どうしても買わなければならないものなら、坂道はやや苦痛だが、レジで商品を預かってもらって、家まで財布を取りに帰るのではないか。

アリバイ作り。ドラマや小説の中でしか出てこない言葉がふと頭に浮かんだ。慎司はあの時間、コンビニにいたことを他人に印象付けるために、わざとお金を借りたのではないか。向かいのおばさんに会ったのはたまたまかもしれない。会わなくても、レジで財布を忘れたと言えば自分を店員に印象付けることができる。しかし、店内に慎司がどこの誰か知っている人物がいたのなら、その人に話しかけるほうがもっと効果があるに違いない。

では、なぜアリバイが必要なのか。

「慎司、今は一つだけしか訊かないから、本当のこと答えて」

両手で慎司の右腕をつかむと、慎司が顔を上げた。おびえるような目で比奈子を見ている。

「パパを殺したのは、誰？」

比奈子の言葉に慎司は再びうつむいた。

「答えなさい！　いつまでも逃げられないことが分かってたから、わざとわたしにつかまったんでしょ」

腕をつかんだ手に力を込める。

「確かにわたしは、小学校の頃はあんたより走るの速かったけど、何にもスポーツしてないわたしが、バスケ部レギュラーに勝てるはずないじゃん。あんたがわざとペース落としたことくらい最初から気付いてた。それくらいわかるから、ちゃんと話して」

「多分……母さん。でも、そうなったのは、僕のせい、だと思う」

嘘をついているようには見えない。やはり母親なのか。だからといって、どうすればいいのだろう。

慎司から目をそらすと、ロータリーに大きなバスが一台入ってくるのが見えた。青色の車体、大阪行きだ。

「慎司、お兄ちゃんのとこに行こう」

慎司の腕をつかんだまま、防波堤から飛び降りた。

慎司の腕を引き、バスの切符を買うために待合室に入り、自動券売機の前に立った。

「本日、七月五日、金曜日、午後十時、S市バス停発、大阪行き、っと……」

つぶやきながら必要項目を入力し、バッグから財布を出していると、横から慎司の手が伸びた。画面の端の「取消し」ボタンを押す。

「何するの？」

「迷惑なんじゃないかな」

「誰に？」

「兄さんに」

「どうして？」

「だって、兄さんは……」

母親とは血が繋がっていないから。慎司はそう言いたいのだろう。だが、他に頼れる人はいない。慎司と二人きりなど、重い荷物を抱えているようなものだ。しかしそれでも、道路の向こうに慎司の姿を見つけたときは嬉しかった。慎司を疑う気持ちはまだ残っているが、一人で待合室にいたときよりも、今の方が何倍も心強い。なぜだろう。

「慎司が気にすることじゃない。それに、きょうだい力を合わせてなんて、思ってない。分散したいの。お兄ちゃんだって同じ家で育ってきたんだから、いくらか請け負う義務はあるでしょ」

「だけど……あっ！」

慎司が声をあげた。

「どうしたの？」

比奈子も足を止め、慎司の視線を追った。

「お兄ちゃん！」

比奈子が駆けだした。慎司もついていく。

ロータリーに停まった青いバスから降りてくる客たちの中に、良幸の姿があった。


【七月四日（木）午後九時二十分〜七月五日（金）午後十時】

小島さと子　Ⅱ

もしもし、小島でございます。

あら、マーくん！　マーくんなのね。わざわざママのことを心配して、電話をかけてくれたの？　里奈さんったら、早速、あなたに言ってしまったのね。ママ、マーくんはお仕事で疲れているだろうから言わないで、って里奈さんにちゃんと言っておいたのに。

元気なの？　ご飯はきちんと食べてる？　何か送ってほしいものはない？

ママは元気よ。今日もこれから手芸教室に行くの。いつも里奈さんのものばかり送っているから、あなた、気を悪くしていない？　本当はマーくんのために、素敵なネクタイとか作って送ってあげたいんだけど、会員がみんな女性なものだから、どうしても女ものばかりになってしまうのよね。男ものを作りたいって、先生に一度提案したことがあるんだけど、プレゼントをあげたい素敵な男性が身近にいるのは小島さんくらい、って言われて、結局、作れずじまい。

事件のこと？　そうね、里奈さんに電話で教えてあげたことは全部聞いてる？　あら、インターネットでも調べたの。さすがマーくんね、気になることがあるとすぐに調べるんだから。

あれから変わったことは特にないわ。この辺りも今は静かなものよ。

容疑者が捕まっているし、事件のことも自分で話しているみたいだから、近隣の住人にはあまり用はないのかしらね。

もっと、何日も続けて報道するのかと思っていたけど、昨日、同じような事件がまた別のところで起きたでしょ。容疑者が刃物を持って逃走中らしいから、テレビや週刊誌の人たちはみんなそっちに行ってしまったのかしらね。

高橋さんのお宅には誰もいないようだし、子どもたちは親戚の家とか、ホテルとか、別のところにいるのかしら。一番下の慎司くんが行方不明とは聞いているんだけど、その後、何も聞かれないし、見つかったのかどうかもわからないわ。

マーくんは慎司くんのこと知っているわよね。小学生の頃、一番上のお兄ちゃん、良幸くんにときどきお勉強を教えてあげてたものね。昔からマーくんは優しくて、面倒見がよかったもの。ママ、鼻が高かったわ。

それで、こっちにはいつ帰ってきてくれるの？

帰らない？

どういうこと？　お仕事が落ち着いてからでもいいのよ。近いうちにまとまったお休みがとれるから一時帰国しようかって、このあいだ電話で言ってたじゃない。そうよ、お正月にかけたとき。マーくんと里奈さんがゆっくりくつろげるように、お家をリフォームしたのよ。お台所もちゃんと二箇所作ってあるの。

え？　里奈さんのご実家に行くことにしたって、どういうこと？　くつろぎたいからって、どういう意味？　どうして家じゃダメなの？　ここが、マーくんの家じゃない。

もしかして、事件が起きたから？

ねえ、マーくん、マーくんってば、切らないで――。

第五章　遠藤家

午後三時――。

ショッピングモールのフードコート内に明るい音楽が流れ始めた。入り口付近の席に座ってうとうとしていた遠藤真弓は目を開けると、腕時計を見た。おやつの時間の合図だろうか。来たときよりもずいぶん賑やかになっている。紙コップのコーヒーをひと口飲むと、辺りを見回した。

見慣れない制服を着た女の子たちが、ジュースやフライドポテトをつまみながら、楽しそうにおしゃべりをしている。彩花と同じくらい、中学生だろうか。学校が終わるには少し早い時間だが、さぼっている様子ではない。「問二はア」などと聞こえるから、この子たちの学校はもう期末テストが始まっているのだろう。それにしては切羽詰まった感じもなく、楽しそうに見える。

男の子たちの集団もやってきた。思わず、立ち上がりそうになってしまったが、あわてて座り、なんでもないというふりをしながらコーヒーを飲む。

あの中に慎司がいるはずがない。シャツにズボンという夏服でも、慎司の学校のものとはまったく違うとわかる制服ではないか。それに、慎司がズボンをだらしなく下げて穿くはずもない。

午前中、小島さと子に「慎司が行方不明」と聞き、真弓はいてもたってもいられなくなった。財布も携帯電話も家に置いてきたという慎司に、一万円札を渡してしまったのは真弓だ。もし、慎司が遠い街で自殺をしたり、他人に危害を加えるようなことをしたら、真弓が逃亡資金を渡したとして、罪に問われることになるかもしれない。

テレビをつけるのも怖ろしく、かといって静かな部屋に一人でいれば、慎司の最悪の行動ばかりを想像してしまう。家でじっとしていると気がおかしくなりそうだった。

遠くに行ったとはかぎらない。慎司を捜してみよう。

車で、まずは、ひばりヶ丘や慎司の学校付近をまわり、次に、坂道を下りながら、ゆっくりと市内を走りまわった。若い男の子が見えると、すべて慎司のような気がした。そのたびに、減速したり窓を開けたりしながら顔を確認したが、どの子も慎司ではなかった。真弓を気味悪そうに見返してきた子もいたし、睨み付けてきた子もいた。

駅やバス停では、車を停めて待合室の中まで見に行ったが、慎司の姿はどこにもなかった。どこか遠い街に行ってしまったのだろうか。料金の書かれた案内板を見た。一万円あればかなり遠いところまで行ける。

家を建てる場所を捜すときですら、こんなにも市内を隈無くまわったことはなかった。チラシを集め、イメージだけでそこでの生活を思い描いていた。実際にまわってみて気付いたことは、どこも同じということだ。環境だなんだと言っても、所詮、数時間で一周できるようなせまいところに、大勢の人たちが密集して生活しているのだ。

いったい何をしているのだろう。こんなことをしても慎司が見つかるはずはない。見つけたとしてもどうするつもりなのだ。おばさんと一緒に帰りましょう、とでも言うのか。それとも、一万円返してくれないかしら、とでも——もうやめよう。

疲れ果て、昼食もとっていなかったことに気付き、国道沿いにあったショッピングモールに入った。フードコートでオムライスを食べ、コーヒーを飲んでいるうちに、少しずつ気分が落ち着き、うとうとしてしまったのだ。

しかし、捜すのはやめようと思ったはずなのに、若い男の子を見ると、慎司ではないかとじっと見てしまう。これではただの不審者ではないか。これからの時間帯、どんどん若い子たちが増えてくるはずだ。その前に帰らなければ。

真弓はぬるくなったコーヒーを一気に飲み干した。バッグからハンカチを取り出すと、携帯電話が点滅していた。彩花の担任教師からだった。留守番電話に、「今日も早退した」と入っている。これで三日連続だ。昨日の夕方、彩花は大はしゃぎでテレビを見ていたから、日中の暑さにバテただけだろうと思っていたが、どこか具合でも悪いのだろうか。

せっかく滅多にこないショッピングモールまで来たのだから、いつもと違う食材を買って、彩花に何か元気の出るものでも作ってやろう。


午後三時三十分――。

六畳間に白い無地の壁紙を貼りながら、遠藤啓介は、彩花の部屋の壁紙はどんな模様だっただろう、と考えた。

依頼主の息子は、彩花と同じ中学三年生らしい。受験勉強に集中できるよう、夏休み前に、息子の部屋の壁紙を、汚れた柄物から無地の新しいものに替えてほしいという依頼だった。

貼り替える前の、青空に白い雲が浮かんだデザインの壁紙には、ポスターや時間割表を貼っていたような日焼けのあとがたくさんあった。別の面には、ちょうど啓介の頭の高さの辺りにこすれたようなあとがあった。小学生の頃に逆立ちの練習をしたあとなのだと、依頼主の主婦はケラケラと笑いながら、啓介に言った。

同じようなこすれ傷が彩花の部屋の壁紙にできていたら、真弓はこんなふうに笑いながら言えるだろうか。

考えてみようとしたが無理だった。彩花が部屋で何をしているのか、啓介はまったく知らない。それどころか、彩花の部屋の家具の配置も、壁にポスターや時間割表が貼られているのかどうかも知らなかった。壁紙が何色でどんな模様なのかも、思い出すことはできない。新居に引っ越してから一度も、彩花の部屋に入ったことがないのだから。

ここ数年、会話もろくにしていない。

オヤジは黙ってろ、どっか行ってろ、あんたと話してもムダムダ。

何か話しかけても、返ってくるのはこんな言葉ばかりだ。だが、それをいちいち咎めようとは思わない。きれいな言葉ではないが、腹をたてるほどの言葉でもない。

啓介は子どもの頃から、人の言動に口出しするのがあまり好きではなかった。口うるさい姉二人と一緒に育ってきたせいだろう。勇気を出して注意をしても、文句がその倍になって返ってくるだけなら、最初から黙っていた方がいい。話を聞けない人には何を言っても無駄なのだ。

真弓や彩花に対してもそうやって接してきた。真弓も争い事を嫌う性格なので、ケンカをしたことは一度もない。だが、真弓は家のことになるとムキになる。啓介もいずれは自分の家を持ちたいという夢はあったが、真弓の執着はすごかった。

家こそがすべて、そんなふうだった。普段は穏やかに生活しているのに、家の話題になると、ぴりぴりとした空気が漂う。その空気から一刻も早く解放されるために、家を建てなければと、真弓が気に入りそうな物件を捜した。

だが、ひばりヶ丘の土地については、一応、話してみただけだ。土地を手に入れても、そこに建てる家は周囲と比べて見劣りするものになるだろうし、自治会費も、家計の負担になるほど高いはずだ。

しかし、真弓は踊りださんばかりに喜んだ。

――あなたと結婚してよかった。

そんなことを言われて抱きつかれたのは、あとにも先にもあのときだけだろう。ひばりヶ丘の土地を購入する前に、「海岸通りの分譲地も評判がいいから、見に行ってみないか」と言ってみたが、まったく聞く耳を持たなかった。

それでも、自分も作業に加わりながら家が完成するにつれ、これで夫婦の夢を叶えることができるのだ、と満足することができた。あとは穏やかに暮らすだけ。

小さいながらも真弓のこだわりをすべて取り入れた家が完成した日の晩、真弓は彩花の受験の話を持ち出した。

彩花は真弓が思うような優秀な子ではない。啓介に似た、気が小さく、おとなしいだけの子だ。

しかし、それを口に出してしまうと、彩花が本当にそれだけの子になってしまうような気がして黙っていた。高級住宅地に住み、自分はこういうところに住む特別な人間なのだと、騙し騙しでも思い続けていれば、いつか本当に優秀な子になるのではないか。そんな期待がなかったわけでもない。

だが、現実はそれほど甘くなかった。受験に失敗し、彩花は卑屈になっていった。小さなことで癇癪《かんしゃく》を起こし、何様かと思うような暴言を吐く。しかし、啓介には彩花の気持ちが理解できた。

彩花はそうやって自分を守っているのだ。そのことに、いつか自分で気付いてくれるだろう。だからこそ、何を言われても笑いながら受け流していたのに、昨夜の態度は何なのだ。

向かいの家で起こった事件のニュースを見ながら腹を抱えてゲラゲラと笑い、食事中も携帯電話に何やら文字を打ちこんでは「傑作！」などと大声を上げてはしゃいでいた。

——彩花、ごはんを食べてから、ケータイをしたら？

真弓が注意をしてもまったくの無視だ。真弓に「あなたも」と小声で言われ、仕方なく啓介も彩花をたしなめた。

——早く食わなきゃ、ママが困るだろ。

彩花はブッと音を立てて噴き出し、笑いながら啓介に言った。

——ママが怒って、あたしを殴り殺すの？　そんなことやったら人生終わりだって、向かいのおばさんが実証してくれたばかりなのに？　まさかママも、そこまでバカじゃないでしょ。

啓介も真弓も、もう何も言わなかった。真弓は食器洗浄機があるのに鍋や食器を時間をかけて手洗いし、啓介はいつもより長く風呂につかったあと、すぐに寝た。

彩花は事件を、向かいの家で起きた不幸な出来事を、楽しんでいる。そんな子ではなかったはずなのに。

やはり、あんなところに家など建てなければよかったのだ。

午後四時――。

こんなに軽い足取りで坂道を上がったことはない。遠藤彩花は、先程のカラオケボックスでの比奈子とのことを思い出しながら、鼻歌まじりに坂道を上がった。こんなに愉快なことはない。やはり、世の中は平等にできているのだ。お嬢様学校に通っていても、広い家に住んでいても、人殺しがあった家の子など、この先絶対に幸せになれるはずがない。比奈子は一生、世間から後ろ指をさされながら生きていかなければならないのだ。

彩花の世界を歪めていた坂道も、これからはただの道でしかない。

昨日は交通規制が敷かれるくらい、警察関係や報道関係の車がひばりヶ丘につめかけていたのに、今日は、何事もなかったかのように静まりかえっている。もっと何日間も騒ぎ立てるものではないのか。テレビや週刊誌のインタビューに応じてもいいと思っていたのに、がっかりだ。

自宅付近にさしかかると、彩花はいつも首を左側に向けてしまう。慎司に会えないかと期待して。もうそんな期待はしていないが、今日は別の光景が目に入り、食い入るように高橋家を見てしまう。

――すごい。

シャッターの下りたガレージ、そこから玄関まで続く焦げ茶色の石が組み合わされた高い塀、それらを埋め尽くすように紙が何枚も、何十枚も貼られていた。

死ね！

人殺し！

恥さらし！

出て行け！

一家心中しろ！

中傷ビラだ。白い紙に太いマジックで殴り書きしたもの、書道の筆で書いたようなもの、ワープロ打ちして大量にコピーしたもの、書き方も違えば、紙の大きさも違う。

朝、家を出たときには、こんなものはなかった。半日のあいだに、こんなことが起こるなんて。誰がやったのだろう。塀を見上げると、二階の奥の部屋の窓ガラスが割れているのに気が付いた。これも、朝は割れていなかったはずだ。

悔しいけれど、家を出るときは二階の奥の部屋を見上げるのが習慣になっているから、間違いない。

中傷ビラ、窓ガラスの破壊――テレビドラマなどでこういった光景は見たことがある。殺人事件が起こった家なのだから、当然だろうとも思う。だが、嫌がらせは夜、真夜中に行われるものだと思っていた。まさか、日中のあいだにこれだけ大がかりなことをする人がいるとは。どういう神経をしているのだろう。

辺りを見渡してみるが、人の姿はどこにも見当たらない。声も聞こえない。野次馬たちが事件が起きた家を非難するため、白昼堂々、坂の下からやってきたのだろうか。しかし、それではひばりヶ丘の住人に目撃されるはずだ。それとも、この辺りの住人が結託して、ビラを貼ったのだろうか。――どうして。

平穏な生活に不安をもたらしたから。

怖い思いをしたから。

高級住宅地、ひばりヶ丘の名を貶めたから。

もしかすると、これを貼った人たちは「中傷」などと思っていないのかもしれない。単なる「抗議」だと思っているのかもしれない。自分たちがやっていることは正しいと思い込んでいるからこそ、日中にできたのではないか。

出て行け！

赤いマジックで書かれた文字を見ながら、慎司の言葉を思い出す。

――そっちがあとから家建てたんじゃん。迷惑なら、引っ越せば？

慎司のせいでからかわれたというのに、慎司は彩花に対し、まったく悪びれた様子はなかった。目印はひばりヶ丘で一番小さい家、と志保の知り合いに言ったのは慎司のはずだ。それが志保に伝わり、彩花が恥をかかされることになった。

それなのに、見下したような顔であんなことを言うなんて。

だから殺人事件が起こったのだ。

家についていては事実だから、慎司が謝る必要はないのかもしれない。けれど、殺人事件を起こした家の子は、まず、近隣住人に謝らなければならないのではないか。

夜中に救急車が来て、パトカーが来て、夜が明けると報道車が来て、新聞にも載って、テレビにも映されて、みんな大迷惑を被っているじゃないか。

住人を前に、地面に這い蹲《つくば》って涙を流しながら「みなさん、ご迷惑をおかけして申し訳ございません」くらい言われなければ、腹の虫は治まらない。

このビラはひばりヶ丘の住人の声なのだ。住人なら誰にでも文句を言う権利がある。

ビラを一枚ずつ読んでいくうちに、その通りその通り、ここに書いてある通りだ、と彩花の気持ちは高ぶっていった。高橋家など全員出て行けばいいのだ。いや、最初からここにいなければよかったのだ。

そうすれば、ひばりヶ丘であろうと、もう少し心穏やかに過ごせていたはずなのに。

足元を見ると、握りこぶしよりひとまわり小さいくらいの石が落ちていた。それを拾い上げ、二階の奥の部屋を見上げる。

慎司の部屋。毎晩遅くまで灯りのともっていたあの部屋の窓ガラスを、いったい誰が割ったのだろう。たくさん部屋はあるのだから、他のところにしてくれればよかったのに。慎司の部屋に石を投げる権利があるのは――あたしのはずだ。

すでに割れている窓でも構わない。慎司の部屋に石を投げてやるのだ。慎司に向かって石を投げてやるのだ。彩花は腕を振り上げた。

クラクションが勢いよく鳴った。

びくりと心臓が止まりそうになったが、見ると、母親の軽自動車だった。

フロントガラス越しの母親は目を見開き、口をポカンと開け、見たこともない生き物を見るような目で彩花を見ていた。


午後五時――。

ナイロン製のエコバッグはダイニングテーブルの上に置いたまま。冷凍食品が入っているため、早く冷凍庫にしまわなければならないのに、真弓は椅子から立ち上がることができなかった。頬が熱い。エアコンのスイッチは入れたが、事件が起こった晩以来窓を閉めたままの部屋は、熱気がこもり、なかなか涼しくならない。

腋の下を汗が流れる。だが、これは暑さのせいではない。

彩花がモノを投げ付ける姿など、見飽きるほど見てきたはずだ。それなのに、家の中に入っても、心臓はバクバクと高鳴り続けている。何が違うというのだろう。家の外で見たことがショックだったのだろうか。

いや、あの子の顔、表情だ。

部屋の中で癇癪を起こす彩花は、内にたまった不満をまき散らすように暴れていた。泣き出しそうな、つらくてたまらなそうな、そんな顔だったからこそ「仕方ない」と思えるところもあったのだ。しかし、つい今し方、石を振りかざしていた彩花からはまったくそんな表情が見て取れなかった。

クラクションを鳴らすと、彩花と目が合ったがすぐにそらされた。彩花は振り上げていた手を下ろし、石を道端に投げ捨てると、家の中に駆け込んでいった。間一髪、彩花を止めることができてよかった、と胸をなで下ろしたのも束の間、車から降りて、高橋家を見ると、二階の奥の部屋の窓ガラスが盛大に割れていた。

夜中に起きたとき、いつも灯りがともっていた部屋だ。比奈子か慎司が遅くまで勉強しているのだろうと感心しながら見上げていたが、彩花もまた、別の感情をもって見ていたのかもしれない。

だからといって、こんなひどいことを。

しかし、割れたガラスよりも目に付くのは、ガレージのシャッターから塀にかけて貼られた中傷ビラだ。家を出る前は貼られていなかった。向かいの家で殺人事件が起きたと知ったとき、真弓の頭をかすめたのはこの光景だった。

ドラマでこういった場面を見たことがあったし、服役中の殺人犯の家が放火されたというニュースも見たことがある。テレビ画面に映された焼け残った家の塀には、スプレーで中傷の言葉が書き連ねられていた。

実際に見たこともある。殺人事件ではないが、幼い頃住んでいたアパートの一室のドアに「変態」と書かれた紙が貼られていた。下着泥棒をしたサラリーマンの部屋だった。そこの家には真弓より一つ年上の女の子がいて、毎朝一緒に登校していたが、翌日から真弓は一人で登校するようになった。真弓がその子を避けたのか、その子から誘いにこなくなったのか、どちらだったかは思い出せないが、同じ学年じゃなくてよかった、と思ったことを憶えている。

下着泥棒であれだったのだから、殺人事件となれば大変なことになるはずだ。テレビに映された高橋家を見ながら、不安がこみ上げてきた。家を映すなんて、関係ない人たちにわざわざ「嫌がらせをするなら、ここですよ」と教えてあげているようなものではないか。

少し引いた場所からの映像には、真弓の家もモザイクはかけてあったが映っていた。間違えて、わが家に嫌がらせをされたらどうしよう。そんなことまで考えてしまった。

しかし、事件から二夜明けても、高橋家に嫌がらせの形跡は見られなかった。

重厚でモダンな佇まいの家に手を出すのは、やはり、ためらわれるのかもしれない。いや、そうではなく、高級住宅地というイメージが下劣な行為をする人たちを寄せ付けないのだ。嫌がらせをしてやろうと、外部から野次馬たちがやってきても、ひばりヶ丘の空気がそれを阻止してくれるのだろう。

そんなふうに思っていたのに、なんだこれは。

白昼堂々とやったことになる。

今日になってやったのは、多分、警察や報道関係者の姿がほとんど見あたらなくなったからだろう。このビラを見て、彩花は石を投げたのだろうか。ガラスが割れる音に快感を憶え、二つめの石を振り上げていたのだろうか。

――家が、かわいそうだ。

割れたガラスを見つめていると、背後から視線を感じ、振り向いた。

小島さと子だ。門の陰からこちらを見ている。どこかに出かけていたのだろうか、派手なワンピースを着ているが、ポシェットはいつもと同じだ。目が合った。こちらに来るかと身をこわばらせたが、さと子はぷいと目をそらし、家の中へ入っていった。

どうしたのだろう。ひどいことになったわねとか、誰の仕業かしらとか、話しかけられるのではないかと緊張したが、無視をされるとかえって気になる。

ガラスを割ったのは彩花だと、知っているのかもしれない。あれだけ盛大に割れているのだ。大きな音がしただろう。さと子ならきっと様子を見に出るはずだ。

殺人事件が起きた家とはいえ、石を投げるというのは、どう考えても常識から外れた行為だ。

さと子は軽蔑しているに違いない。自分でも、もしよその子どもが石を投げていたら、その子を、いや、その子の親を思いきり軽蔑するだろう。

他にも彩花を見ていた住人がいるのではないか。どこかの陰から、真弓を軽蔑のまなざしで見ているのではないか。

真弓は逃げるように家の中に駆け込んだ。

ようやく室内が涼しくなってきたが、真弓の頬はまだ上気したままだ。


午後五時三十分——。

美味いコーヒーだと、ひと口飲んで啓介は思った。壁紙の貼り替え作業が終了すると、依頼人がリビングにお茶の用意をしてくれた。熱いコーヒーとチョコレートケーキだ。それらをよばれながら、依頼人に壁紙の手入れの仕方の説明をしていると、子どもたちが二人、立て続けに帰ってきた。

中高生らしい姉弟が制服姿のままリビングに入って来る。姉が着ている制服に啓介は見覚えがあった。依頼人が子どもたちに言った。

「あんたたち、ちゃんと手を洗うのよ。それから、弘樹の部屋の壁紙を貼り替えてもらったから、ちゃんとお礼を言いなさい」

子どもたちは啓介の横にくると、二人並んで頭を下げた。

「ありがとうございました」

「いえ、どうも……」

素直で礼儀正しい態度に、啓介は中途半端に腰を浮かせてポリポリと頭をかいた。子どもたちはそのまま奥のキッチンに向かう。

「弘樹の部屋、青空じゃなくなっちゃったのか」

姉の方が言った。青空のデザインの壁紙は四面と天井に貼りめぐらされていたため、部屋に入ってしばらくすると、空に浮いているような感覚になった。彩花の部屋もこのデザインにすれば、もっとのびのびとした気分になれるだろうか、などと考えながら引きはがしの作業をした。

「俺も来年から高校生だし、彼女連れてくるにも、青空部屋じゃ恥ずかしいだろ」

弘樹と呼ばれた男の子が言った。新しい壁紙は無地の白だ。汚れが目立たないように少しグレーが入っているため、明るさの中に落ち着いた雰囲気がある。全部貼り終えた室内を見て、彩花の部屋もこの壁紙にすると、少し落ち着くだろうか、などと思った。

姉はダイニングテーブルの上に運んだケーキを切り分け、弘樹はコーヒーを注いでいる。

「受験の前から彼女だなんて、余裕だね。それとも、もう彼女いるの？」

「いないし。――そんなことより、姉ちゃん。メール送ったのか？」

「誰に？」

「決まってるだろ、言わせんなよ」

「——まだ」

「何やってんだよ。姉ちゃんがそんな薄情なヤツだとは思わなかった」

「だって、なんて送るの？　元気出してね？　何でも相談してね？　うちに来てくれてもいいよ？　何送っても傷つけるんじゃないかって気がするもん」

「でも、何も来ないのが、一番辛いだろ」

「えらそうに、わかったようなこと言わないで。それなら、あんたが送ればいいじゃん。もしかして弘樹、比奈子のことが好きなんじゃない？」

「バカいうなって、俺は、姉ちゃんの友だちだから心配してるだけじゃないか」

比奈子と聞こえ、啓介は姉の方を見た。向かいの家の子のことだろうか。制服も同じ、真弓が「彩花にあの制服を着せてあげたいの」と言っていたS女子学院の制服だ。

「あんたたち、お客様の前で、いいかげんにしなさい」

依頼人が子どもたちをたしなめた。「ごめんなさいね」と啓介の方を見る。

「いいえ、仲が良さそうでいいですね。うちは娘一人だから。それにしても、このケーキおいしいですね」

「まあ、嬉しい。わたしの手作りなんです。よかったら、娘さんに持ってかえってください。

うちで全部食べるとカロリーオーバーになっちゃうので」

依頼人は啓介の返事も待たずに立ち上がり、ダイニングテーブルに向かった。父親がもらってかえった手作りケーキなど、彩花は喜ぶだろうか。

「パパのぶん、大きすぎだよ」

「そうそう、メタボなのに」

「いいの、カカオはからだにいいんだから」

啓介はダイニングテーブルを囲む三人を見た。きっと、この家では事件など起こらないのだろう。同じ年頃の子どもたちがいて、同じような環境で生活をしているはずなのに、なぜ事件が起こる家とそうでない家があるのだろう。

いや、旦那を殺したのは妻だから、夫婦の問題か。しかし、原因は息子にある。


午後六時——。

石を投げることができなかった腹いせに、彩花はある携帯サイトの掲示板に慎司の悪口を書き込んだ。昨夜から、何度も書き込んでいる。

だが彩花の書き込みなど、どれだかわからなくなるくらい、掲示板には数分おきに書き込みがされていた。無数の書き込みの中には、知り合いが書いているとわかるようなものもあったが、大半はまったく高橋家と関係のない人が書いたのではないかと思う、抽象的なものばかりだった。

何も迷惑をかけられていない人が、どうしてこんなにえらそうに書き込んでいるのだろう。向かいの家で起こった事件だからこそ、彩花は必死になって書き込んでいるが、他の事件について書き込みをしたことは一度もない。まったく興味がなかったからだ。

しかし、書き込みを読んでいるうちに、これが一番の制裁なのだと思えてきた。事件が起こり、警察につかまり、裁判所で刑が下されるだけでは、裁きを受けたことにはならない。テレビやネットで全国的に報じられ、見ず知らずの人間から中傷を受け、社会的に葬られることにより、加害者だけでなくその家族や親戚たちも、取り返しのつかないことを起こしてしまったと認識し、深く反省することができるのではないだろうか。

慎司も比奈子もここに書かれていることを、心から受け止めなければならないのだ。

——ざまあみろ。

ここにも書いてある。自分たちは選ばれた人間であるという傲《おご》りが事件を引き起こしたのだ、と。その通りだ。

あんな態度を取ったから、その日の晩に事件が起きたのだ。

向かいの家の事件はあたしが引き起こしてやったのだ。坂道を下っていく慎司に向かい、不幸になれと念じた、あたしの願いが叶ったのだ。

彩花は事件の日のことを思い返した。

あの日、家に帰っても、慎司の言葉は頭から離れなかった。

からかったり見下すという行為は頭の悪い人間がするものだと思っていた。慎司とは話すきっかけがないだけで、きっかけさえあれば優しく接してくれるに違いないと思い込んでいた。想像の中での慎司は彩花に優しかった。

学校で腹の立つことがあると、慎司に似た俊介のポスターを眺めながら、慎司に愚痴をこぼす想像をいつもしていた。彩花が何を言っても、ひどいなと相づちを打ち、わかるわかると頷いてくれ、最後は、彩花は悪くないんだから気にするなよ、と言ってくれる。

だが、慎司への不満を、俊介のポスターで晴らすことはできなかった。はにかんだ笑顔を見れば見るほど腹が立った。母親の「食事の支度ができた」という声が聞こえると、すぐに一階に降りた。

食事中はいつもテレビをつけている。家族団欒《だんらん》など考えられない。父親が一緒に夕飯の席につくのは週に三日程度だが、三人揃っていようと、母親と二人きりだろうと、話したいことなど何もない。テレビを見ながら適当なことを言い合うくらいがちょうどよかった。

父親はまだ帰宅しておらず、母親と二人で夕飯をとった。毎週楽しみにしているクイズ番組にチャンネルを合わせると、ゲストに高木俊介が出ていてげんなりした。別の番組に変えようかと思ったが、母親も楽しみにしている番組だ。番組が始まっているのにチャンネルを替えれば、「どうして？」と訊かれるに決まっている。それが面倒でそのままにしておくことにした。

俊介は慎司と顔は似ていても、頭の中は違うのだから、クイズもろくに答えられないはずだ。しかし、高木俊介は難問を続けざまに答えた。お笑い芸人に「どうなっとんねん」とつっこまれると、司会者が、俊介は名門私立校に通っているのだと、有名大学の付属校の名前をあげた。会場から「スゴーイ」という歓声があがったが、同じ声が向かいからも聞こえてきた。

――すごいわね、俊介くん、頭も良かったなんて。だから演技も上手いのね。台詞だってすぐに憶えられるだろうし、ストーリーもしっかり頭の中に入ってるんでしょうね。ダンスも歌も上手だし、基本的に頭のいい子は何でもできるのよね。

母親は感心するようにそう言うと、深くため息をついた。

また、ため息。あんたの言いたいことはわかってる。

――どうせ、あたしは落ちました！

叫んだ瞬間、平らなはずのテーブルが彩花の目の前で傾いた。茶碗や皿やグラスが彩花をめがけて転がってくる。それを両手ではらい飛ばした。

部屋に駆け上がり、机の上のものを手あたりしだいに投げつけた。部屋が傾き、机が傾き、何もかもが彩花をめがけて転がってくる。壁に押しつぶされそうになる。こっちに来るな、こっちに来るな。辞書を、教科書を、ペンケースを振り上げては、彩花を二度と襲ってこないよう、床に思い切り叩きつけた。

バカにするな！

志保も、クラスのみんなも、慎司も、母親も、俊介まで――。

こんなポスター、もういらない！


勉強机の横の壁に目をやった。あの日、ビリビリに引き裂いた俊介のポスターはゴミ箱に捨ててある。レアものだし、少しもったいなかったかもと、今さらながらに後悔の気持ちが湧いてくるが、ポスターなど新しいのを買えばいいとも思う。

薄いピンクのチェックの壁紙には幾筋もの爪痕《つめあと》が走っている。貧乏くさい。雑誌についているポスターでも貼って隠しておこうか。いや、父親に貼り替えてもらえばいい。あの人はそれくらいしかできないのだから。今度はどんな壁紙にしよう。それに合わせてカーテンも替えたい。母親ははしゃぎながら選ぼうとするだろうが、今度はいっさい口出しさせない。

書き込みは増えているだろうか。

携帯電話を開いた。さすがに十分程度では変わらない。ついでに、高木俊介の悪口も書き込んでおく。

――優しく悩みをきいてあげる役なのに、心の中ではバカにしているオーラが溢れ出してて、見ていると吐き気がする。サイテーの演技。

鼻歌まじりにボタンを押すと、傾いた景色が少しずつ平らになっていくようだった。

午後七時──。

電子レンジで解凍したからあげ、生野菜のサラダ、みそ汁。パートで疲れた日によくやりがちなメニューで食事の支度をすませた。

階段の下から彩花を呼ぶと、いつもはなかなか降りてこないのに、すぐに降りてきた。彩花はテーブルにつくと、テレビのリモコンを取り、歌番組にチャンネルを合わせた。真弓が温かいご飯をよそった茶碗を前に置くと、テレビの方に目を向けたまま箸をとった。

からあげを口に運び、飲み込む。冷凍食品のからあげは歯ごたえが悪いと、いつもなら文句が出るのに、黙ってみそ汁のお椀を手にしている。疲れているのだろうか。

真弓も彩花の向かいに座り、箸をとった。

「彩花、今日も早退したんでしょ」

「何で知ってんの？」

テレビに目を向けたまま、彩花が答える。

「先生から携帯電話に留守電が入ってたの。今日で三日続けてだけど、どんな具合なの？　熱は測った？　お医者さんにいかなくて大丈夫？」

「大袈裟《おおげさ》だな。ちょっと気分が悪くなっただけ」

彩花はからあげを箸でつまみ、大きくあけた口にほうり込む。

「でも、早退なんて今まで一度もなかったじゃない。それが、三日続けてだなんて。期末テストも近いんだし、明日は学校、休みでしょ。ママ、明日は遅番だから、午前中病院に行ってみましょ？」

「うるさい！」

彩花が音を立てて箸を置いた。ふう、と大袈裟にため息をつく。

「空気読めって。あたし、ちゃんと今、ごはん食べてるじゃん。具合悪かったら、からあげなんて食べられる？　あんたっていつもそう。あたしの様子とか顔とかちゃんと見ないで、マニュアル通りのことをとりあえず言ってるだけ。だいたい、からだのこと、ホントに心配してんのなら、ごはんの前に訊くでしょ。自分の都合に合わせてこんな手抜きメニュー並べといて、いかにも心配してるような言い方すんな」

「そんな……」

彩花の好きなハンバーグを作ろうと思っていたのだ。中からチーズが溶け出したら驚くだろうと、新発売のチーズも買ってきた。それを作る気力を奪ったのは彩花だ。しかも、あんなことをしたというのにえらそうないい方をして、まったく悪びれた様子はない。

「もういい、テレビ聞こえないから、黙ってて」

彩花がボリュームを一気に上げた。真弓は思わず耳を塞ぎそうになったが、歌っているのは高木俊介だ。

「あら、新曲」

なんとか取り繕おうと言ってみたが、彩花は舌打ちをして、チャンネルを替えた。動物番組だ。子猫が数匹でじゃれ合っている姿が映っている。彩花は動物にあまり興味がないはずなのに。

彩花は置いた箸を取ると、からあげにつき刺した。肉に突き刺さったままの箸をニヤニヤしながら眺めている。何がおもしろいのか、真弓にはさっぱりわからない。

「ねえ、彩花。学校で何かあった？」

「別に」

「でも、みんな、テレビでお向かいの事件のことを知ってるんじゃない？　何か気に障るようなこと、言われなかった？」

「何にも。あたしがひばりヶ丘に住んでるって知らないし」

彩花は箸を握り、からあげを丸ごと口にほうり込んだ。

「でも、このあいだ、同じクラブの志保ちゃんが、うちに来たわよ」

彩花が目を見開いた。麦茶でからあげを一気に飲み下し、むせかえっている。

「なんでそれ、今頃言うの？」

「どういうこと？」

「なんで、志保が来た日に言わないの！」

彩花が両手でテーブルをバンと叩く。

「忘れてたのよ」

申し訳なさそうに答えたが、真弓にはなぜ彩花が怒っているのかまったく理解できなかった。あのとき志保は「間違えました」と言っていた。彩花を訪ねてきたわけではない。

「あんたのそういうところが、ムカつくんだよ！　もうボケてんの？　あんたのせいであたしがどんなに恥ずかしい思いしたかわかってんの？　あんたが見栄張ってこんなところに家建てたせいで、志保にも、クラスのみんなにも、人殺しの家のボンボンにまで、バカにされたんだから」

彩花は座ったまま、真弓に向かってテーブルを力一杯押した。みそ汁のお椀が倒れ、真弓のブラウスの腹のあたり一面を汚した。

スイッチが入ってしまったのか。

しかし、彩花はそれ以上何もしてこなかった。真弓のことなど知らん顔でサラダを食べている。みそ汁は冷めていたため火傷《やけど》はしなかったが、腹の辺りが気持ち悪かった。

だが、それどころではない。人殺しの家のボンボン――。

「彩花、今日、慎司くんに会ったの？」

「はあ？　今日、会うはずないじゃん、水曜の昼ですぅ。でも、比奈子お嬢さまには、今日会ったけどね」

「比奈子ちゃんに会ったの？　どこで？」

「コンビニで。カップラーメン見てましたぁ」

「何人分、買ってた？」

「知らない。ヘンな訊き方。タカボンのも買ってたかってことでしょ。あんたみたいな鈍くさい人が遠回しにきくと、バカがバレるからやめときなって」

　彩花が真弓を見下したように笑う。

「だって、行方不明だっていうし、どこに行ったのか、気になるじゃない」

「なんで、あんたがそこまでタカボンの心配しなきゃいけないの？」

「ママ、事件の晩、あの子に一万円渡しちゃったのよ。コンビニで、財布を忘れたって言うから」

　慎司が見つかるまで黙っているつもりだったが、ついに言ってしまった。正直に打ち明けた方が彩花も、真弓が慎司を心配する気持ちを理解してくれると思ったからだ。

「信じらんない！　普通、そんな大金渡す？　こまかいのがなかったらレジで両替してもらえばいいだけじゃん」

「だって、お向かいの子じゃない。ちゃんと、朝、持って行くって言ってくれたし」

「持ってきた？」

「だって……、あんなことが起きたのよ」

「バカじゃないの？　事件が起きたから、逃げたんじゃん。でも、財布を忘れてどうしようって、とりあえずコンビニ入ったんじゃないの？　そこにあんたがのこのこやってきたから、カモにされたんだよ。ああ、みっともない」

理解どころか、彩花の顔には軽蔑の表情が浮かんでいる。コンビニに行ってこいと言ったのは彩花ではないか。生理用品を買ってこいなどと頼むから、慎司の買い物の代金を一緒に支払ってやることができなかったのだ。

「あんたって、やっぱ、サイテー」

真弓を見下すような表情が、夕方見た顔と重なった。

「くっさ、よくそのままでいられるね。やっぱ、頭のネジ、一本ゆるんでるんじゃない？」

みそ汁のしみたブラウスをニヤニヤしながら見ている。これだって彩花のせいだ。なのに謝りもせず、バカにするとは、この子はどうなってしまったのだろう。こういった行動を啓介が許しているから、彩花はどんどん勘違いしていくのだ。

——やっぱり、わたしが言わなければいけないのか。

「よそのお宅に石を投げる方が、もっと最低じゃない」

「はあ？」

「お向かいの窓ガラス、割れてたでしょ」

「ああ、あれか」

彩花は素っ気なく答えたが、真弓の咎めるような顔を見ると、逆に睨み付けてきた。

「あんた、あたしを疑ってんの？」

「だって、石、持ってたでしょ」

「でも、あたしじゃない」

彩花はムキになって言うが、現場を見てしまった真弓には信じることができない。その場限りの言い訳など、これまでいくらでも聞いてきた。

「なによ、その顔。自分の子どもが信じられないっての？　向かいの家の子は信用してるってのに？　じゃあ、あんたはあのビラもあたしのせいだって思ってんの？」

「それは……」

彩花ではないはずだ。短時間であれだけのビラを用意して貼り付けるのは一人では無理だろう。いや、学校の友だちと作ったのか。学校なら紙やマジックもたくさんあるだろうし、パソコンを借りて作ることもできるだろう。バスケ部の友人たちと口裏を合わせて早退し、ビラを貼る。そして、仕上げに石を投げる。

「一人じゃ無理かもしれない。でも、彩花。いくら犯罪が起こった家でも、大勢でやったことだとしても、よそのお宅に危害を加えると、今度は、あなたが犯罪者になるかもしれないのよ」

「あたしじゃないって言ってんだろ！」

彩花が両手をバンとテーブルに叩き付けて立ち上がった。からあげをのせていた白い平皿を持ち上げ、床の上に叩き付ける。皿が砕け、破片が飛び散った。

「やめて！　やめて、彩花」

「あたしじゃない！」

彩花は甲高い声で叫ぶと、手に触れるものを片っ端から、床の上に叩き付けていった。音を吸収してくれるラグは、ダイニングには敷かれていない。

彩花の手が、テーブルの中央に置いてある観葉植物の鉢に伸びた——。

午後七時三十分——。
啓介はバス通勤をしている。スマイルマート・ひばりヶ丘店がある交差点から数メートル離れたバス停で降り、ひばりヶ丘へ向かう坂道を歩いて上がる。ひばりヶ丘でバス通勤をしている大人は自分だけではないかと、近隣の家のガレージに停められた高級車を見ながら思うこともあるが、高級車で職場に通いたいとは思わない。工務店のバンなら、そのまま乗って帰りたいと思うことはあるが、それは職場で禁止されている。

啓介は工務店の仕事が好きだ。新築に携わるときも、リフォームに携わるときも、そこで生活をする人たちの笑顔を見ることができる。啓介の生活の中心は工務店であり、家はからだを休めるために帰るだけの場所だと思っている。それが、たまたまひばりヶ丘にあるだけだ。

手作りのチョコレートケーキが入った紙袋を片手に、坂道を上る。彩花に喜んでもらえるようにと、依頼主は有名なチョコレート店の紙袋に入れてくれた。

昨夜は警察や報道の車に塞がれて歩くのもままならなかった道路も、一日経てば嘘のようにすいている。工務店の事務所で片付けをしていると、つけっぱなしのテレビから、別の場所でまた家庭内殺人事件が起こったというニュースが流れていた。容疑者と思われる次男が刃物を持って逃走しているとかで、大騒ぎになっている。

ひばりヶ丘のことは忘れられるといい。

自宅付近にさしかかった辺りで、前方から、ガシャンという音が聞こえた。ガラスが割れたような音だ。見ると、道路の端に誰かが立っている。街灯のあかりに反射して、腰の辺りがきらりと光った。高橋家に向かい、何かを投げようとしている。

「小島さん！」

思わず名前を呼んでしまったことに、啓介自身が驚いた。小島さと子がさっと石を足元にほうり、啓介の方を見る。

「あら、遠藤さん、おかえりなさい」

ニコリと微笑まれた。きまり悪そうな様子はどこにもない。啓介は高橋家を見上げた。二階の窓ガラスが二箇所割れている。そして、ガレージのシャッターから塀にかけて、中傷ビラが数え切れないほど貼られていた。全部、この人がやったのだろうか。

啓介はさと子を見た。

「これは、ひばりヶ丘婦人会のささやかな抗議なの」

啓介にそう言うと、さと子は高橋家に目を向けた。

「ひばりヶ丘は昔から高級住宅地だったわけじゃないの。こんな、山を切り開いた、坂道を上り下りしなくちゃならないところ、不便なだけじゃない。ここにもとから住んでいた人たちががんばって働いたの。お金が入ってきても、下にはくだらず、ここで土地を買い増して大きな家を建て、それが何十年も積み重なって、ひばりヶ丘の価値はあがっていったの。高橋さんのお宅が建てられたのは、今から十八年前だったかしら。ご主人の再婚を機にここに来られたそうよ。お医者さんをしていらして、子どもたちも礼儀正しく優秀で、いい方たちが来てくれたと、昔からの人たちと喜んでいたの。静かで穏やかで、ここは本当にいいところだわ、それなのに……」

さと子はポシェットを両手で持ち、愛おしそうに眺めると、啓介に差し出した。

「このポシェットはわたしの宝物。上質のベルベットに、一本糸で、上質のスパンコールを一枚ずつ丁寧に縫いつけているのよ。縫うのも大変だけど、スパンコールを選ぶ方がもっと大変。

フランスの有名な会社のものを注文しているのだけど、何十枚かに一枚は目に見えにくい傷やヒビが入っているものがあるのね。それを縫いつけてしまわないように、しっかりと調べなくちゃいけないの。この老眼で、フフッ。どうしてそうしなきゃならないと思う？　完成したあとに一つ壊れたら、それだけを取り外すことができないからよ。隣り合ったいくつかも一緒に外さなくちゃいけない。新しく付け替えたスパンコールは一つだけだとしても、もう一本糸で作ったとは言えなくなるわ。そうすると、何の価値もない、普通のポシェットに成り下がっちゃうのよ。どういうことか、おわかり？」

啓介にはまったくわからなかった。だが、さと子は話を続ける。

「ひばりヶ丘という名前がつくと高く売れるって欲を出した開発業者は、さらに山を切り開いて造成地を作り、新しい家が何軒もできた。お宅を含めてね。賑やかというより、騒がしくなったわ。もとからいる人たちが積み重ねてきたものを壊してはならないというのが、後からきた人たちが守らなければならない最低限のルールだと、わたしは思うの。それなのに、殺人事件だなんて。これは、古くからいる住人の抗議の叫び声なのよ」

啓介はため息をつきたくなるのをこらえた。

犯行の現場を押さえられたオバサンの長い言い訳だったのか。

不快な思いをしたのは確かだろうが、汚い言葉を書いた紙を貼ったり、家に石を投げることは、幼稚で下劣な行為としか思えない。しかも、ひばりヶ丘を趣味の悪いポシェットにたとえられても、何の説得力もない。

「ですが、こういうやり方は……」

「まあ、驚いた。あなたに意見されるなんて。だいたい――」

さと子の声をかき消すように、叫び声が響いた。

――あたしじゃない！

続いて、ガシャンとガラス製品が壊れるような音がする。

「またたわ」

さと子がため息をつきながら、声が聞こえる方に振り向いた。啓介も振り返り、わが家を見た。彩花の叫び声は静かな夜の住宅地に響き渡っている。次々と何かが壊れる音も。

「お向かいで殺人事件があろうと、お宅は何も変わらないのね。もううんざり。これだから、息子夫婦もここに帰ってくるのをイヤがるのよ」

啓介は耳を塞いでしまいたかった。このまま坂道を下って逃げ出してしまいたかった。

――俺はこの中に入っていかなければならないのか。

どうして、静かに人並みの生活が送れないのだろう。怒鳴ることもなく、手を挙げることもなく、何でも言うことを聞いてきてやったというのに。ひばりヶ丘に家まで建ててやったというのに。

「どうして、行かないの？　早く止めてあげなきゃ。別に、今日いきなり始まったことじゃないことくらい、あなただってご存じでしょ」

さと子が咎めるように言う。しかし、啓介の足は動かない。

家に入ってどうしろというのだ。止められるものなら、とっくに止めている。静かになるのを待つしかないのだ。

「さあ、早く」

さと子が啓介の背を押した。

「いったい、どうしろって言うんですか」

「あきれた。一家の主がそんな態度だからダメなのよ。その袋を持って、わたしが止めにいってあげましょうか?」

さと子がため息をつきながら、啓介の持っている紙袋を見た。やれるものならやってみろ、と投げやりな気分で啓介は紙袋を差し出す。さと子はもう一度、大きくため息をついた。

「よそのお宅のことだから、隠れて見ていたのだと思っていたけど、あなた、自分の家のことでも同じ態度を取るのね」

ギクリとした。

「それは、どういう……」

「知っているのよ。高橋さんのお宅で事件があったときも、慎司くんの声や淳子さんの声が今みたいに聞こえていたのに、あなた、そこの駐車場に停めている車の陰にずっと隠れていたじゃない」

気付かれていたのか。啓介は自宅のカーポートを見た。事件当時、確かに自分はあそこにいた。しかし、隠れていたわけではない。それに、そのことを知っているということは、さと子も外にいて声を聞いていた、ということではないか。

「小島さんだって……」

ガシャン、と音が響いた。今度は室内からではない。窓ガラスが割れた音だ。

やめて！

すべての音をかき消し、暗闇を破り捨てるような、獣じみた叫び声が響いた。

真弓の声だ。

啓介は駆け出した。暖かいオレンジ色の光が密集する、坂道の下に向かって。

【七月五日（金）午後三時～午後八時三十分】

第六章　高橋家

午後十時二十分――。

高橋良幸、比奈子、慎司の三人は、バスセンターから近い国道沿いにあるファミリーレストランに入った。客はまばらにしかいない。夕食をまだ取っていない良幸はハンバーグセットを、つい半時間ほどまえにカップラーメンを食べた比奈子と慎司はSサイズのピザとドリンクバーを注文した。

高速バスから降りた良幸は、家に帰る前にどこかで話そうと、比奈子と慎司をここにつれてきた。家でも話はできる。むしろ、ここよりも人目を気にしなくていい。なのにここに来たのは家に帰る勇気がないからだということは、良幸自身気付いていた。

「お兄ちゃん、今まで何してたの？」

ドリンクバーで入れてきたアイスコーヒーをストローでかき混ぜながら、比奈子が訊いた。

「すまない。どうしても出席しなきゃならない講義があったんだ」

どうしても、を強調して答えた。バスを降りた途端、帰りを待ちかまえていたように駆けつけてきてくれた、比奈子への罪悪感からでもあったし、自分への言い訳でもあった。

今朝、すぐに帰ろうと思ったにもかかわらず、いざ、アパートを出ると、足が止まった。ここにいるうちはまだ普通の学生でいられるが、あの家に帰った途端、自分は殺人事件の関係者となってしまう。どんなに都合の悪い事実が出てきても、聞きたくない、知りたくないでは済まされない。好奇の目にさらされることも避けられないだろう。

今日は単位修得のためにどうしても出席しなければならない講義がある。これに出席してから帰ってもいいのではないか。半日遅く帰ったところで、事態は何も変わらないはずだ。そう思って良幸は大学に向かった。

「事件のことは、いつ知ったの？」

「それが、研究室にこもりきりで、昨晩、比奈子にメールをもらって初めて知ったんだ」

「そうなの？　てっきり警察から連絡が行ってるって思ったから、あんな書き方をしたのに。あれじゃ、何が起こったのかわからないよね。もっとくわしく書けばよかった。ごめんなさい」

「比奈子があやまることじゃないよ」

講義室に入ろうとしたとき、学生部の事務員から、伝言メモを受け取った。至急連絡してほしいという、Y県S市の警察署からのものだった。電話を受けた日付は昨日の午前になっている。まさか、用件が殺人事件に関わることとは知らず、講義のある日に渡せばいいと思ったに違いない。

のんびりしたもんだ。いや、俺に言われる筋合いではないか。

良幸はメモ用紙をたたんでジーンズのポケットにねじ込むと、そのまま三時間、講義を受けた。講義は午前中で終了し、いつもなら研究室に向かう。やらなければならないことはたくさんある。だが、さすがにもうそれは言い訳として成立しないような気がした。

研究室に顔を出し、父親が急逝したことを告げると、教授も他の学生たちもみな、悔やみの言葉をかけ、温かく送り出してくれた。気が引けたが、嘘をついたわけではない。

戻ったとき、彼らは同じように迎えてくれるだろうか。そう思うと、これが最後の別れのような気がした。

「でも、まさか、高速バスからお兄ちゃんが降りてくるとは思わなかった。てっきり新幹線で帰ってくると思ってたもん」

「持ち合わせが新幹線代には足りなかったんだ」

「そっか、そういえば、前にもそんなこと言って、夜行バスで帰ってきたことがあったよね」

比奈子は納得した様子でコーヒーを飲んでいる。嘘をついた。新幹線代くらいは財布に入っている。午後一番の便に乗れば、夕方には到着できた。明るいうちに帰ってきたくなかったのだ。新幹線の駅を降り、在来線に乗り換え、最寄りの駅から自宅に向かうまで、どんな顔をすればいいのかわからなかった。見知った人たちにどんな目で見られるのかと想像するだけで、胃をギュッとつかまれるような気分になり、吐き気がした。

だからバスにしたのだ。バスなら深夜に到着する。バスセンターはひばりヶ丘からずっと下った海沿いにあるため、降りた途端、知り合いに会うこともない。家に帰らず、叔母の家にも連絡を入れず、ビジネスホテルに泊まろうかとも考えていた。それなのに――。

「こっちに向かってるんだったら、メールくれればよかったのに。お兄ちゃんのところに行くって送ったでしょ。危うく、入れ違いになるところだったじゃない」

「昨日、うちに泊まりにきてた友だちが、うっかり、俺の携帯電話を持って帰ってしまったんだ。すまん」

「そうなの？　だから、返事がなかったんだ。友だちもよりによってこんなときに大ボケかまさなくてもいいのに。もしかして、彼女？」

明里の顔が浮かんだ。昨夜のことは思い出したくない。

「いや、そんな相手、俺にいるはずないだろ」

「そうなんだ。でも、よかった、お兄ちゃんに見捨てられちゃったかと思ってた」

「メール、他にも送ってくれてたんだな。本当にごめん」

「いいよ、そんな。お兄ちゃんがわたしたちを見捨てるはずないもんね」

涙ぐんだのか、比奈子がキラキラとした目を向けてくる。心が痛んだ。我が身かわいさに帰ることをためらい続けたのに、比奈子はまったく疑っていない。美味そうにピザを頬張っている。カップラーメンを食べたと言っていたが、まだまだ食欲はあるようだ。一切れ目に手を伸ばしている。

良幸は目の前の手つかずのハンバーグの皿を見た。バスに乗っているあいだじゅう、空腹で腹が鳴り、降りたらまず何か食べようと思っていたのに、いざ目の前に料理が運ばれると、手を付ける気にならない。口に入れて嚙み砕いても、飲み込める気がしなかった。

比奈子はあっというまに、ピザを半分平らげた。

「慎司、食べないの?」

二人で一枚を頼んでいたからか、自分の分を食べ終えた比奈子が慎司に訊ねる。

「ああ、うん。お腹減ってないから。姉ちゃん、食べてよ」

慎司が俯いたまま答えた。

「じゃあ、遠慮なく」

比奈子がピザに手を伸ばした。良幸は向かいに座る比奈子と慎司を見比べた。比奈子がピザを頬張っている横で、慎司は黙り込んだまま、コーラをストローでちびちびと飲んでいるだけだ。

バス停に比奈子がいたことに驚いたが、その後ろに慎司がいたことには、もっと驚いた。行方不明になっていたのではないのか。比奈子と一緒にいるということは、後ろめたいことは何もないということか。やはり、父親を死に至らしめたのはあの人だということか。

バスに乗っているあいだ、良幸は事件について考えた。

詳細はわからない。わかっているのは、ネットのニュースで読んだ、継母の淳子が「口論の末に置物で夫を殴った」と自供しているということだけ。動機はまったく思い浮かばなかった。だからこそ、慎司が行方不明ということは、何か大きな意味を持っているのではないかと思った。

慎司が父親を殺した。それをあの人がかばっている。

慎司にそんなことができるとは思わなかったが、年齢的にも、あの人がやったというよりはまだ想像することができる。あの人が慎司をかばう姿も想像できた。明里に差別されていないとは言ったが、自分と慎司に対する気持ちでは、あの人の根底にあるものが違うということはわかっていた。しかし、それは当たり前だと納得もしていた。

誰だって、自分の血を分けた子の方がかわいいだろうし、ましてや、その子が自分にそっくりのきれいな顔をしていたら、血を分けた子ども同士で比べても、特別な思いを抱くだろう。あの人が慎司と比奈子を区別していることにも気付いていた。

慎司なのか——。

だが、目の前には慎司がいる。食欲はなさそうだが、怯えた様子はない。人を殺してこんなに冷静でいられるはずはない。血の通っていない殺人鬼ならともかく、慎司は自分の弟だ。慎司がひと一倍優しく、ナイーブだということは胸を張って断言することができる。

「今頃のこのこ帰ってきて、こんなことを訊ける立場じゃないんだが、俺は何が起こったのかまったくわからないんだ。明日、警察に行けば、事情を説明してもらえるとは思うけど、まずはおまえたちから、事件のことを話してくれないか」

おまえたちと言いながら、比奈子を見た。慎司よりも比奈子の方が落ち着いて、客観的に話せるだろう。

「知りたいのはわたしの方よ。わたしだって、家にいなかったんだから」

比奈子が慎司を見た。二人でいたから、てっきり事件について何か話しているものだとばかり思っていたが、そうではないようだ。

「慎司、そろそろ話してよ」

比奈子が慎司に懇願するように言った。慎司は黙ったまま俯いている。

「慎司！　話しなさい。あんたが黙ってることに、どんだけの価値があるっていうの」

比奈子がテーブルをバンと叩く。

「比奈子、落ち着け」

あまり慎司を刺激しない方がいいのではないかと、比奈子をたしなめた。が、慎司は顔を上げた。

「姉ちゃんの言い方、父さんにそっくり。そうやって、僕を無能扱いして、否定するんだ。そんなに聞きたいのなら、話すよ」

慎司の顔から何も感情を読み取ることはできなかった。

――こんなジョークを知ってる？

ぶさいくな天才博士にバカな美人女優がプロポーズしました。女優が博士に言いました。ねえあなた、わたしたちの子どもはきっと、あなたに似て天才でわたしに似て美しいのでしょうね。博士が言いました。しかし、きみ、僕に似てぶさいくできみに似てバカな子どもだったらどうするんだい？

ちっとも笑えないから、ジョークとも言えないね。この二人、父さんと母さんみたいだろ。でもさ、遺伝なんてちょうど半々に受け継がれるもんでもないよね。

兄さんは、僕らの母さんとは違う人だけど、お母さんの顔と父さんの頭のいいところを受け継いだから半々っぽいけど、お母さんも頭がいい人だったみたいだから、もしかすると全部お母さん譲りかもしれない。姉ちゃんは顔も頭も父さん譲りで、運動神経が母さん譲りっていう、わりといいとこ取り。僕は全部、母さんだ。

自分がそれほど頭がよくないことには、かなり前から、小学校高学年になったあたりから気付いてた。僕にはひらめきがないんだ。あ、この問題を解くにはここをこうすればいいんだ、なんて自分で気付いたことがないんだもの。予習、復習を繰り返して、経験値をかせいでいるだけ。

多分、それに一番最初に気付いたのは父さんだと思う。

父さんは勉強部屋に入ってきては、僕をなじるようになった。どんなに酷い目にあっても、僕は自分さえ我慢すればそれでいいって思ってた。でも、ある日気付いたんだ。僕以上に、母さんが酷い目にあってるってことに。テストや模試が近づくと、僕は必死だった。僕のせいで母さんが酷い目にあわされるんだから。逃げだしてしまいたいくらいだった。でも、そうすると、母さんがもっと酷い目にあうから我慢した。とにかく勉強しなきゃって、姉ちゃんにも模試の前日に友だちの家に行ってもらったりした。

でも、母さんはもう限界だったんだ。それが事件の晩。

夜中に母さんが僕の部屋に来て、気分転換にコンビニにでも行ってきたら？　って言った。数学の模試の前日だっていうのに、僕はそれどころじゃなかった。そんなヒマがあったら勉強しなきゃいけないし、父さんがいるのに出て行くなんて考えられなかった。だけど、母さんは少しのあいだだけでいいからとか言って、ほとんど追い出されるように僕は外に出た。だから、財布もケータイも持っていなかった。

姉ちゃんには言ったけど、向かいのおばさんにお金を借りたのは、コンビニに行ったからには何か買って帰らなきゃ、父さんに何をしにいったんだって怒られると思ったからなんだ。

家に戻ると、玄関の前に救急車が停まってた。コンビニにいるとき、救急車が通り過ぎたことには気付いてたけど、まさか、家に向かっていたなんて夢にも思っていなかった。僕はてっきり、何かあったのは母さんの方だと思ってたから、怖くて家の中に入れなかった。ゴミステーションの陰に隠れて見ていたら、運び出されたのは父さんで、それも、何か酷いことになっているようだったから、どうすればいいのかわかんなくなって逃げたんだ。

比奈子は口を開くことができなかった。慎司が話しているあいだは、ところどころ口を挟みたくてたまらなかったのに、いざ終わると、何を言えばいいのかわからない。それほどに、頭の中はこんがらがっていた。

「酷い目って、暴力を振るわれていたのか？」

良幸が訊ねたが、饒舌《じょうぜつ》ぶりが嘘だったかのように、慎司は俯いて黙り込んでいる。

「ケガを負わされて病院に行ったりしたことは？」

兄は何を訊いているのだろう。慎司の話を真に受けているのか。何も違和感を憶えなかったのだろうか。あんなの慎司の作り話だ。

「パパが暴力を振るうはずないでしょ。事件の日はいなかったけど、同じ家で過ごしてるのに、わたしが気付かないはずないじゃない。ママがケガをしたり、痣《あざ》を作ったところなんか見たことがない。慎司だってそう。人形みたいにツヤツヤした顔しといて、いい加減なこと言わないで」

死んだ父親を冒瀆《ぼうとく》された気分だった。しかも身内に。真に受けている兄にも腹がたった。実の父親が殺されたというのに、母親の肩を持つような解釈をしていることが信じられなかった。

「慎司、どうなんだ？」

良幸が訊ねる。

「言葉の暴力だよ。いつも正論ばかり言ってる姉ちゃんには理解できないかもしれないけど、僕は父さんになじられるたびに、自分が消えていくような気がした。多分、母さんも同じ思いをしていたんじゃないかな」

慎司がムキになって答えた。

「嘘よ。パパは、慎司やママに声を荒らげたことだってない。あんたとわたし、隣同士の部屋なのよ。小声の会話は聞こえなくても、大声でなじられてれば、わたしが気付くはずでしょ」

「具体的に、どんなことを言われたんだ？」

比奈子が慎司の言い分を否定したあとで、良幸が慎司に確認をとる。それが比奈子には納得できなかった。慎司はまた俯いている。

「今、考えているんでしょ。無駄よ。パパはあんたをなじるようなこと、言ったことないんだから。いつも褒めてたじゃない。慎司はきれいな顔をしているし、運動神経もいいし、うらやましいって。俺は勉強しか取り柄がなかったから、がんばって医者になったけど、おまえはもっとたくさんの選択肢があるはずだから、好きなものになればいいって」

そんなふうに言われる慎司が、比奈子はいつもうらやましかった。兄のこともうらやましく思っていた。勉強をがんばっても兄にはかなわない。スポーツをがんばっても慎司にはかなわない。おしゃれをしても、慎司や母親のきれいさとは根本的に違うような気がする。

それでも、父親は比奈子に優しかった。仕事で疲れているはずなのに、学校でのくだらない愚痴にも耳を傾けてくれたし、テストの結果を見せれば兄とは雲泥の差があっても、比奈子なりの努力を認めてくれたし、新しい服を着て見せれば、よく似合っていると褒めてくれた。

だからこそ、建築家という、父親がなりたかったもう一つの夢を目指していたのに。

「どうなんだ？　慎司」

良幸が慎司に問う。あくまで中立の立場であろうとする兄の態度に幻滅した。兄が帰ってくればどうにかしてくれる、多少なりとも先が見えてくるのではないかと思っていたが、期待しすぎていたのかもしれない。

「そういうのが、一番、残酷なんだ」

慎司がポツリとつぶやいた。

「はあ？　何言ってんのかわかんない。好きなものになれっていうのが、残酷？　寝ぼけたこと言ってんじゃないわよ。じゃあ、何？　勉強しろ、医者になれ、って言ってほしかったの？　この能なしが！　って怒鳴られて、暴力でも振るわれたかったの？　あんたみたいに小さい頃からママにえこひいきされてる子は、何を言ってもマイナスにしか捉えられないのよ。残酷なんて、パパに向かってよくそんな言葉使えるわね。意味わかってんの？」

「比奈子!」

良幸が比奈子を制した。「とにかく、慎司の話を最後まで聞くんだ」

「何でわたしが怒られなきゃいけないの?」

非難される覚えはどこにもない。今頃になってのこのこと現れたくせに何をえらそうなことを言っているのだろう。講義に出ていたというが、家庭内で殺人事件が起こったというのに、それを後回しにしなければならないほどのことなのだろうか。携帯電話を友だちが持って帰ったというが、公衆電話からでも連絡をとろうと思えばとれるだろうし、新幹線代だって本当は持っていたのではないか。ここに入ったとき、兄は「何でも好きなものを注文していい」と言った。バス代に三人分の食事代を足せば、新幹線代とほとんど変わらないはずだ。

兄は逃げていたのではないか。そして、今も逃げるための方法を考えているのではないか。父親のため、母親のため、ましてやきょうだいのためではなく、自分のためだけに打開策を考えているのではないか。

「父さんの言葉を慎司が残酷だと捉えるのは、父さんに見捨てられたと解釈をしたからじゃないのか?」

良幸が慎司に優しく訊ねる。一呼吸おいて慎司が頷いた。

「そうか、慎司は勉強もがんばっていることを、父さんに認めてほしかったんだな。だとすると、おまえがさっき言ったことは少しおかしいんじゃないか? おまえが傷付いていたのは、かなり大袈裟《おおげさ》だとは思うが、中学生だし、俺も同じようなことを考えていた時期があるからわからんでもない。だけど、母さんはそんなことじゃあ追いつめられないだろう。それとも、父さんは母さんに対して何かもっと酷いことを言ったり、暴力を振るったりしていたのか？」

そうだ、その通りだ。この意見には同意できる。比奈子も慎司を見た。

「そうじゃない。そうじゃないけど……」

慎司は俯くと、また、口を閉ざしてしまった。これでは夜が明けてしまう。比奈子は二杯目のドリンクを入れに、席を立った。

あらかじめ考えていたことはスラスラと言えるのに、とっさの言葉は出てこない。勉強とまるで同じだ。

慎司は慎司のやりたいことをすればいいんだぞ。父親に初めてそう言われたのは、小学校四年生のときだ。大学受験を目前にした兄が医学部を目指して猛勉強する姿を見ていたため、自分もあと数年したら同じようにがんばらなければならないと漠然と思っていたのだが、父親にそう言われ、慎司は言葉通りに受け取った。特になりたいものは決まっていなかったが、バスケの強い学校に行ってみたいと思った。

——あら、慎ちゃんは、パパと同じお医者さんになりたいのよね。

そう言ったのは母親だ。慎司の両肩に手を載せ、笑顔で顔をのぞき込まれたが、目は笑っていなかった。それがなんとなく怖くて「うん」と頷くと、母親は今度は心から嬉しそうな顔をした。それ以来、事あるごとに医学部を口にするようになった。

確か、それまでは、母親からあまり勉強のことを口うるさく言われたことはなかったような気がする。テストでいい点をとれば褒めてくれたが、それは、運動会の徒競走で一等になったときと同じ褒められ方だった。

中学受験を意識し始めた時期だったからだろうか。

中学はやっぱり、お兄ちゃんと同じK中学にしたらどうかしら。お兄ちゃんは関西の大学にしたけれど、慎ちゃんはパパと同じところを目指したらどうかしら。慎ちゃんならきっと大丈夫よ。だってパパの子だもの。

そう言われるまま、慎司はK中学を受験した。人並みに受験勉強をして合格したので、こういうものかと思っていた。当然のようにバスケ部に入り、それを両親に報告すると、父親は「がんばれよ」と言ってくれたけれど、母親は「勉強のさまたげになっちゃダメよ」とあまりいい顔をしなかった。

それからも、テストの結果を気にするのはいつも母親の方だった。父親が「まだ一年生なんだし、あせることはない」とフォローをしてくれても、「パパはああ言ってくれたけど」と部屋まで小言を言いに来た。

それに耐えきれず、家を飛び出してしまったことがある。母親に家出を宣言して出ていくのではない。夜中にこっそりと出ていくのだ。しかし、どこへ行けばいいのかわからなかった。友人はいないわけではないが、姉のように泊まりに行けるような仲の友人はいない。

ひばりヶ丘は比較的年齢層の高い家が多く、十一時を過ぎると、灯りが消えている家がほとんどだった。しかし、眼下には灯りが広がっていた。その暖かいオレンジ色に吸い寄せられるように、慎司は坂道を下っていった。幹線道路まで下れば車は走っているし、さらに下っていくと、人通りも多くなっていった。

慎司とあまり歳が変わらない子たちともすれちがった。それを横目に見ながら、海辺まで坂道を下っていった。暗闇の中にぽっかりと浮かぶようにバスセンターの白い灯りがともっている。その裏手にまわると、もう海だ。堤防沿いのだだっ広い空き地には暗闇の世界が広がっていた。

ここに数年後、巨大観覧車ができるらしい。どんな景色が見えるのか。

山側を見上げた。光の帯が山の中腹あたりまで覆っている。真っ暗だったひばりヶ丘まで、もしかすると今、全部の家に灯りがともっているのかもしれないと思えるくらい、明るく見えた。暗いのは自分の立っているところだけ。だが、それが妙に心地よい。暗闇に同化しているあいだは、何もがんばらなくていいのだと、心を落ち着かせることができた。

暗闇に同化するために家を出て、坂道を下っていく頻度は、学年があがっていくにつれ多くなっていった。母親は慎司の成績が下がったと言うが、そうではない。周囲がペースを上げ、慎司がついていけなくなったのだ。能力の限界だった。徹夜で予習、復習をしても、授業についていくのが精一杯だった。しかし、母親はそれをバスケ部のせいにした。

――部活動なんて、今やる必要ないじゃない。しっかり勉強して、高校に入ったらまたやればいいでしょ。

そう言われても、慎司はバスケ部だけは辞めるわけにはいかなかった。辞めさせられないために、勉強時間をさらに増やした。そうやって引退試合まであとひと月、県大会予選の前哨戦というところまできたのに――。

試合当日、朝早く出られるよう、荷物をスポーツバッグにまとめて、玄関脇に置いておいたのに、どこを捜してもみつからなかった。ユニホームもシューズも練習用のボールも入れていたのに。台所にいた母親に訊ねると、「そんなの置いてあったことにも気付かなかったわ」とそっけなく答えられた。

もう一度自分の部屋を確認し、リビング、ダイニング、洗面所、トイレ、風呂場まで捜したけれどなかった。万が一と外に出たのは、わらにもすがる思いからだった。庭を確認し、そのまま道路に出ると、斜め向かいの家のおばさんが、いつものおかしなポシェットを下げて、家の前で掃き掃除をしていた。

――あら、慎司くん、早いのね。

そう声をかけられたが、挨拶を返している余裕はない。しかし、おばさんはニコニコしながらさらに慎司に話しかけてきた。

――ところで、バスケットボールは燃えるゴミなのかしら。

顔からスッと血が引いていくようだった。三十メートルほど先にある、ゴミステーションに駆け寄ると、地域指定の半透明なゴミ袋の中に、バスケットボールとシューズとユニホームが入っているものがあった。大型車が走る音が聞こえ、見ると、ゴミ収集車がこちらに向かってきていた。

間一髪だった。

慎司はゴミ袋を取りあげると、脇に抱えて、家まで走り帰った。

――どういうこと、これ。

込み上げてくる怒りを精一杯抑えながら訊いたにもかかわらず、母親はしれっとした顔で答えた。

――そういう約束だったじゃない。中間テストで三十位以内に入れなかったら、部活動を辞めるっていう約束、ママとしたわよね。ゴミの日の前日に、玄関にバスケ用品の入ったバッグが置いてあったから、捨ててきてほしいってことかと思ったのよ。

約束はした。だからがんばった。毎晩二、三時間しか寝ずにがんばって、ようやく百人中、三十四番に入ることができた。後ろの方でついていくのが精一杯の慎司にとって、奇跡のような順位だった。

父親も褒めてくれた。母親もその隣で「慎ちゃんがちょっとやる気を出せば、こうなるのは当たり前よ。だって、パパの子だもの」と嬉しそうに言っていた。だから、あと四番、三十番に手が届かなかったことは大目に見てくれているものだとばかり思っていた。それに――。

――さっき訊いたときは、知らないって言ったじゃないか。

――慎ちゃんが嘘をついたお返しよ。まさか、今から部活動に行くんじゃないんでしょうね。今日は塾の模試があるはずでしょ。

だから、捨てたのか。

――県大会予選の前哨戦なんだ。

――どっちが大切なのかよく考えなさい。

模試はこれからイヤというほどあるうちの一つにすぎない。これで、受験の合否が決まるわけでもない。しかし、バスケの試合は今日の前哨戦を含め、あと二回だ。県大会予選で優勝すれば、まだあと一回あるが、多分無理だ。今日の試合は優勝してもどこにも繋がらない。だからといって、どうでもいい試合ではない。

――頼むよ。

――今日はダメ。そんなに試合に出たいのなら、ちゃんと約束を守ってちょうだい。今度、学校で模試があるでしょ。それで、校内で三十番までに入ったら、県大会予選に出てもいいわ。

母親の反対を押し切り、ゴミ袋を抱えたまま試合に行く行動力はなかった。結局、いつも言いなりになってしまう。しかし、そんな状態で受けた塾の模試の結果がよいはずはなかった。最後の試合に出るためには、次の模試で母親が納得できる結果を出すしかないのだ。だから、姉にも、模試の前日は友だちの家に泊まってほしいと頼んだ。

その姉はドリンクバーで入れてきたコーラを飲みながら、メニューをめくっている。まだ何か食べるつもりだろうか。図太い神経がうらやましい。兄は冷めてしまったハンバーグを、女の子が食べるように小さく切って、ゆっくりと口に運んでいる。

逃げているあいだじゅう考えていた嘘はすぐにバレてしまった。これから、どうすればいいのだろう。

慎司が黙り込んでしまったあと、良幸はなるべく時間をかけながらハンバーグを食べていたが、あとひと口で皿は空になってしまう。比奈子は図鑑でも見ているかのように、メニューを凝視しているが、何かを注文しようとする気配はない。

どうすりゃいいんだ。

きょうだいで話し合えばすぐに真相が明らかになる。その上で、今後の対策を考えようと思っていた。慎司が、自分と母親は酷い目にあっていた、と言ったときは、先に父親が手を出したとして、正当防衛が成り立たないかと考えた。しかし、父親は自分より弱い者に手を出すような人ではない。そう思っていたら、案の定、暴力ではなく言葉で傷つけられたと言う。ならば、それで精神不安定になっていないか、と考えたが、父親の発した言葉はとてもそんな状態に追い込むようなものではなく、おまけに慎司はだんまりを決め込んでいる。

比奈子はなぜか機嫌が悪い。

「あのさ、おまえたちはどうしたいの？」

比奈子と慎司が同時に顔をあげた。黙ったまま良幸を見ている。おまえはどうなのだ、という顔だ。

「俺は、真相を確かめて、そのうえで、この先のことも含めてどうするのが一番いいのか、おまえたちと相談しようと考えていたんだ。でも、真相についてはもういいよ」

「どういうこと？」

比奈子が言った。

「真相は、新聞に出ているまま、母さんが自分で言ってるままでいい。父さんと母さんが口論になって、母さんが父さんを置物で殴って死なせてしまった。それが事実なのか、事実だとしたら、予兆はなかったのか、二人のあいだに何があったのか、おまえたちとここで話してもあまり意味がないってことがわかったよ。だから、今わかっていることだけをふまえて、どうするのが俺たちにとって一番いいのか、これから考えよう」

「俺たち……」

慎司がつぶやいた。

「そうだ。きょうだい三人、家庭内殺人事件が起きた家の子としてだ」

「わたしたちに何ができるの？」

比奈子が訊いた。

「俺たちの前に立ちはだかろうとしている壁は何だ。比奈子だって、この先、今までとまったく同じ生活が送れるとは思ってないだろう。学校に行くのに、何の不安もないか？」

比奈子は苦しそうに首をふった。

「じゃあ、その不安は何だ？　金か？　違うだろう。周囲の目だ。もしかして、携帯でおかしな掲示板なんか覗きにいってないだろうな」

今朝見たパソコン画面上の文字が頭に浮かんだ。思い出しただけで吐き気がする。

比奈子はもう一度、首をふった。

「……バッテリーが切れたら、困るから」

「それでいい。絶対に見るな。うちの家族のことなんか、まったく知らないヤツらまで大騒ぎだ」

見てないのなら、黙っておいた方がよかったのかもしれない。だが、すでに壁が作られていることを知っておかなければ、話し合いは進まない。

「俺たちはこの先、いわれのない悪意を受けることになるはずだ。ネットの中だけじゃない。家だって今どうなっているのかわからない。直接、嫌がらせを受けたり、危害を加えられたりすることもあるかもしれない。それを少しでも回避するために、まずは、母さんの刑がどうすれば軽くなるか考えよう。刑務所に入るのと、執行猶予がつくのと、無罪になるのとでは大違いだ」

「無罪になんかなるの？」

「晶子叔母さんにも相談して、できるだけいい弁護士に頼もう。でも、それよりも俺たちの証言の方が重要なんじゃないかと思う。例えば、さっき慎司が言ったこと。父さんから直接的な暴力はなかったけれど、暴力があったことにすればどうだろう」

「何言ってるの？　信じられない。パパを悪者にするつもり？　わたしはそんなの絶対にイヤよ」

比奈子が叫ぶように言った。離れた場所に立つ店員がこちらを見ている。

「俺だってイヤだ」

声を落として言った。

「じゃあ、何でそんなこと言うのよ。だいたい、お兄ちゃんは実の父親を、血の繫がっていない母親に殺されたんだよ。なのに、よくそんなこと思いつけるね。パパが死んで悲しくないの？」

「悲しくないはずないだろ」

バスに揺られながら、父親のことを考えていた。悲しいという感情がストレートに湧き上がってこないのは、父親のことをあまり好きではなかったということなのか。それだけはない。大きな手のひらで何度頭をなでてくれたことだろう。父親に褒められるのが嬉しくて、勉強をがんばった。「医者になりたい」と言うと、「そりゃあ楽しみだ」と嬉しそうに、自分より背の高くなった良幸の頭に手を載せて、ポンポンとなでてくれた。

シートに座ったまま、手のひらを広げて、頭をなでてみた。背丈だけでなく横幅もかなり追い越しているはずなのに、自分の手をひどく小さく感じた。その途端、涙が溢れだした。父さん、父さん、父さん……声を殺して泣いた。

父親が殺されたとしか聞かされなければ、腹の底から声を出して泣きながら、殺したヤツをぶっ殺してやりたいと思ったはずだ。

だが、殺したのはあの人なのだ。血は繋がっていないが、大切に育ててもらった。本当の母親のように思っている。

あの人が人を殺したとしか聞かされなければ、何か事情があったはずだと、母親の無罪を信じて気持ちを強く持とうとするだろう。

大変なことが起こったにもかかわらず、他人事のようにぼんやりとしか受け入れられなかったのは、対極にある出来事が一度に起こったことにより、事実を受け止める前に、相殺しあったのではないか。

泣いたことによって気持ちが落ち着いたのか、一つだけ確信できたことがあった。

父親はもういない。残っているのはあの人の方なのだ。殺人犯であろうと、家族であることに変わりはない。それどころか、世間から、家族であることをより強調されてしまうのだ。自分たちはそれを受け入れなければならない。

それを、比奈子と慎司はわかっているのだろうか。

「じゃあ、はっきり説明してくれ。父さんはどうして殺されなきゃいけなかったんだ。母さんはどうして父さんを殺したんだ。慎司の成績が悪いせいか？　でも、受験に失敗したわけじゃないし、成績が悪いことを父さんから責められたわけでもない。だいたい、息子の成績ごときで夫を殺すもんなのか？　俺はあの二人がケンカをしているところを一度も見たことがない。母さんは警察には、殺した理由をはっきりと言ってるのか？」

「わかんない。わたしだってわかんない」

比奈子が頭を抱え込む。が、ハッとしたように顔を上げた。

「――ねえ、慎司。あんた、あの晩、母さんと何かもめてたんでしょ」

「何、それ……」

テーブルの一点を見つめるようにして黙り込んでいた慎司が、顔を上げ、かすれたような声を出した。

「とぼけてもムダ。彩花に聞いたもの。あんたが、アーとかオーとか叫んでて、ママが、許してとか助けてとか言ってたって」

「本当なのか、それは」

慎司と母親がもめていた。慎司が叫んでいた。それも想像しがたいが、証人がいるというなら、事実なのだろう。どうして、こんな肝心なことを先に言わないのだ。

「慎司、母さんと何があったんだ」

「……何も」

「何もってことはないだろう。おまえが叫ぶなんて、よほどのことがあったんじゃないのか?」

「……母さんともめていたんじゃない。僕一人でむしゃくしゃしてたんだ」

「何か腹の立つことでもあったのか?」

「僕は、……バスケの試合に出たかったんだ」

拍子抜けしそうな答えに、ため息をこらえた。向かいで比奈子が深くため息をつく。慎司は今何について話しているのかわかっているのだろうか。だが、せっかく口を開いたのだ。話の腰を折るわけにはいかない。

「出ればいいじゃないか。それとも、レギュラーを外されたのか?」

「違う。母さんに言われたんだ」

慎司が顔を上げた。腹をくくったような表情になっている。

慎司は事件の日の出来事をすべて打ち明けることにした。叫んでいたことを知られているのなら、隠すことは何もない。

「三年生に入ってから、母さんに、成績が下がってるから、部活を辞めろって言われてたんだ。でも、それだけはイヤで……」

慎司がバスケを始めたのは小学校三年生から。唯一、自分からやってみたいと思ったものだった。それを辞めるということは、意志を持たない人間になるのと同じだ。

「こっそり続けてたけど、バレちゃって、前の試合も、行かせてもらえなかったんだ。でも、最後の試合はどうしても出たくて、今度の模試で、校内で三十位以内に入ったら出してもらえるっていう約束を母さんとしたんだ。だから、毎晩必死になって勉強した。姉ちゃんにも、模試の前日に友だちの家に行ってもらったし」

「バスケの試合がかかってたんだ。そんなこと、全然知らなかった」

比奈子が驚いたように言った。

母親は他の家族がいるときには、慎司に勉強の話はしてこなかった。二人になったときに、こっそりと言う。だから、慎司は比奈子にはなるべく家にいてほしかったが、そうすると、今度は比奈子が非難されることになる。

母親は慎司の成績の悪さを、持って生まれた能力のせいにしたことは一度もない。バスケのせい、ゲームのせい、携帯電話のせい。そして、比奈子のせい。比奈子が自室で聴いている音楽の音など何の妨げにもなっていないのに、慎司の試験中、母親は比奈子にたびたび注意した。

「でも、やらなきゃ、やらなきゃ、って思ってるとだんだん頭が痛くなってきて。あの日も授業中、模試の前日だっていうのに、みんなが普通に解いている問題がさっぱりわからなくて、頭が割れるように痛くなって、学校を早退したんだ」

「頭が痛くなったことは、母さんに言ったのか？」

良幸が訊ねた。

「ううん。気持ちからきてるもんだって、自分でもわかってるから」

慎司はそう答え、話を続けた。

「学校から出ても頭は痛いままで、家に近づくと、もっと割れるように痛くなって、気が付いたら坂道をずっと下ってた。落ち着くんだ、そうすると。前に朝早く、兄さんとバスセンターで会ったことがあったよね。あれも、気分転換に下りていってたんだ」

「そういえば、あのあと模試を受けに行ってたな」

良幸はそのときのことを思い出した。だから、あんなところにいたのか。

慎司は頷き、話を続けた。

「なのに、途中で、向かいの家の子に呼び止められて」

「彩花に？」

比奈子が顔をしかめて言う。慎司もそのときのことを思い出し、顔をしかめた。

「試合のことを訊いてくるし、関係ないって言うと、こっちは迷惑かけられてるだの、謝れだの、わけのわからないいいがかりをつけられて」

「あの子に何かしたの？」

「何にも。なんか、家が向かいにあることが迷惑みたいな言い方するから、引っ越せばって言ってやったんだ。あとは無視して海まで下りて、しばらくそこでぼうっとしているうちに頭痛は治まったけど、なんかむかむかした気分は残ってた」

比奈子が頷いた。

「わかる、その気持ち」

「家に帰って、晩ご飯も母さんと二人だったから早めに済ませて、机の前に座ったんだ。問題集を広げると、頭がまた少し痛くなったけど、寝てしまうわけにはいかないから、がんばってやってたんだ。そうしたら、向かいでいつものバトルが始まって……」

「いつものバトルって何だ？」

良幸が訊いた。

「彩花のこと。慎司と同じ中三なんだけど、ものすごい癇癪《かんしゃく》持ちで、週に一回は、近所中に聞こえるような大声で叫んだりしてるの」

比奈子が答えた。

「俺が大学に行ってからできた家だよな。そんな子がいるのか？」

「もう最悪よ。ねえ、慎司」

「いつものことだからほっておこうと思ったけど、あの子のキンキン声が響くごとに頭が痛くなって、もう限界だった。少したってバトルはおさまったけど、もうまったくやる気でなくて、あきらめた。試合はもう無理だって思ったら、悔しくて。ボールを壁に打ち付けた。何度も、何度も」

「部屋の中でバスケットボール投げたの？」

「うん。すぐに母さんが部屋に上がってきて、やめなさい、って。でも、やめなかった。やめてたまるかって気分だった。なんか、無視して続けてたら、だんだん気持ちよくなってきて、本棚の上に向かってシュートしたら、母さんがボールを横取りしたんだ」

「ママならできるわね」

「ムカついた。返せって言っても返さないから、代わりにいろんなもん投げてやった。本とか、筆箱とか。そしたら母さんが、やめて！　とか、許して！　とか叫び出して、ザマアミロって思った。こっちも一緒になって大声を出すと、もっと気持ち良かったよ」

怒られることがわかっているのに、兄も姉もどうしていたずらなどするのだろう、と慎司は子どもの頃からずっと思っていた。つまみ食いも風呂場を石けんで泡だらけにするのも、おもしろそうだったけれど、怒られてまでしたいとは思わなかった。

父親に兄が怒られているのや、姉が思いきり顔をしかめられているのを見ると、自分が怒られているように体が萎縮した。しかし、ボールを投げてみると、フワッとからだが軽くなったようだった。大声を出すと、頭痛も和らいでいった。

「家にいればよかった」

比奈子がつぶやいた。「そうしたら、あんたが大騒ぎする前に止められたのに……。バスケ、ずっとがんばってきたんだから、最後の試合に出たいって気持ちはわかる。勉強をがんばってたことも認める。わたしはいつも、ママは慎司のことばかり構ってあげて、慎司がいちばん大事なんだろうなってうらやましく思ってたけど、あんたは追いつめられていたのかもしれない。頭も痛くもなるかもしれない。そんなところに、彩花に会っておかしなことを言われたら、そりゃあ、腹も立つでしょうよ」

慎司に理解を示すようなことを言いながらも、比奈子の語気は強かった。「だからって、彩花と同じこととする？　あんただって散々バカにしてたのに。みっともないったらありゃしない」

——何を騒いでいるんだ、みっともない！

「パパもそう言って、部屋に入ってきた」

「パパ、そのとき、帰ってたの？」

「気付かなかったんだけど、いきなりドアが開いて」

大きな声ではなかったが、低く威厳のある声に慎司は一瞬で凍りついた。母親の顔も凍りついていた。

「パパは他になんて？」

「片付けろ、って。それだけ。僕があわてて投げた本を拾いだしたら、黙って下りてった」

「ママは？」

「パパについて下りてった」

暴れていたのは慎司で、母親はそれを止めていただけなのに、自分が怒られたように顔をこわばらせて、父親の後について黙って部屋を出て行った。

「それが原因で、下の部屋で口論になったんじゃないのか？」

良幸が言った。慎司を責める様子はない。慎司が一番危惧していたことだった。

「わからない」

「二人の話し声とか聞こえなかったのか？」

「話していたかもしれないけど、内容までは分からないよ。大声でケンカをしているならともかく、普通の声って聞こえないじゃないか」

「そうね。わりと、上下じゃ聞こえないのよね。窓を開けてたら、外からの方がよく聞こえるくらい」

比奈子がフォローした。外にいるときに聞こえていた一階のテレビの音が、二階の部屋に上がると聞こえなくなることを思い出した。

「でも、大きな声は出さなくても、口論になっていたかもしれない。だから……僕のせいなんだ」

責められる前に、慎司は自分からそれを言った。一時的な感情で、ボールを投げ、大声を張り上げたせいで、母親が父親を死に至らしめることになった。

「夫と口論になって、とは、ママも警察に言ったみたいだけど」

比奈子が口ごもりながら言う。

「二人が部屋から出ていったあと、おまえは何をしていたんだ？」

良幸が質問を変えた。

「部屋を片付けて、風呂に入ろうかと思ったし、のども渇いてたけど、父さんに怒られたのが気まずくて、部屋にずっといた。あんまり集中できなかったけど、とりあえず問題集を広げて勉強してたら、母さんが来た」

「何て？　どんな様子で？」

比奈子が急《せ》かすように訊く。

「何か、すごく申し訳なさそうに、ごめんね、って」

「慎司に謝ったの？　それで？」

「試合に出てもいいし、勉強はもういいから、気分転換に散歩でもしてきたら？　って」

「散歩に行けって、母さんが言ったんだな？」

良幸が確認するように問い質す。

「時間も遅かったし、正直、そんな気分じゃなかったけど、試合に出てもいいって言ってくれたし、なんか、イヤとも言えなくて、とりあえず外に出た」

「財布とケータイはどうして持って出なかったの？」

「ちょっと出るだけだから、ケータイはいらないって思ったし、財布は」

慎司が言葉を切る。言うべきなのだろうか。だが、ここまで話したのだ。黙っておくわけにはいかない。

「のども渇いてるだろうし、コンビニでジュースでも買いなさいって、母さんが千円札を出してくれて」

「でも、向かいのおばさんにお金を借りたんでしょ」

比奈子が口を挟む。

「母さんは四つに折りたたんで、パンツのポケットに入れてくれたはずだった」

家を出たときのままの、慎司のハーフパンツには、太もも辺りの両脇にゆったりとした大きめのポケットがついている。その左側に母親は千円札を入れたはずだった。

「入ってなかったのか？」

良幸が訊ねる。慎司は力なく頷いた。

坂道を海まで下る気力がなく、コンビニで時間をつぶすことにした。雑誌をパラパラとめくっていると、見覚えのある顔が店内に入ってきた。向かいのおばさんだった。慎司を見つけると、馴れ馴れしく話しかけてきた。「来年は高校受験だし、お互いがんばりましょうね」などと言う。一緒にするな、と思った。

せっかくの気分転換が台無しだと、店を出ることにした。足元に置いてあったカゴを持ってレジに精算に行き、ポケットに手を突っ込んだが、千円札はどこにもない。内側が破れているということもない。逆のポケットも確認したが、お札はどこにもなかった。

商品を戻そうかと思ったが、冷蔵庫から長いあいだ出していた飲み物をいらないと戻すのは非常識な行為のような気がした。こちらをジロジロと見ている向かいのおばさんと目が合った。あの人に非常識だとは思われたくない。ほんの数十分借りるだけだ、と自分に言い聞かせ、お金を借りることにした。

「ママ、わざとお金を入れなかったのかな」

比奈子がつぶやいた。「あっ」と思った。

「おまえが家を出るとき、父さんはどうしてたんだ?」

良幸が訊いた。

「下にいたはずだけど、見てない……」

家の階段は直接、玄関に繋がっている。母親は慎司について玄関まで下り、「気をつけて」と送り出してくれたが、父親はどうしていたのかわからない。会わずにホッとしたくらいだった。

「母さんがおまえの部屋にあがってきたとき、様子はおかしくなかったか？」

「わからないよ、そんなの」

「お兄ちゃんは、ママが慎司に散歩に行けって言ったとき、もう、パパは死んでいたって思ってるの？」

「そんな……」

比奈子の言葉に、慎司は打ちのめされた。母親は事件が慎司のいなかったあいだに起こったことにするために、散歩に行けと言ったのだ。コンビニでジュースを買えと言い、お金を持たせるふりをして、それを入れなかったのは、慎司がコンビニにいたことを店員に印象づけるためだったのだろう。それを、兄や姉に言われるまで、何故、気付くことができなかったのか。

コンビニから戻ると、家の前に救急車が停まっていて、父親が運び出されていた。怖ろしくなって逃げ出した。ネットカフェで事件のことを知った。自分が大騒ぎをしてしまったせいだ。それがバレて責められるのが怖くて、家に帰ることができなかった。事件が起きたとき、家にいなかったことがせめてもの救いだと思っていたのに――。

「慎司、すまん。俺はおまえを疑っていた。母さんはおまえをかばって、自分がやったと嘘をついているのだと思っていた」

良幸が頭を下げた。

「わたしもそう思ってた。慎司、いなくなったし。ゴメン」

比奈子も頭を下げた。

「やめてよ」

それだけ言うのが、慎司には精一杯だった。謝られることではない。むしろ、おまえのせいだと責められる方がマシだ。二人と目を合わせることができず、俯いた。

「でも、わからないのは、やっぱり動機だ。口論が起こったとして、なぜ父さんを殴るまでに至ったんだ。慎司、もう一度、よく思い出してみろ。本当に何も聞こえなかったのか？　父さんがおまえが暴れていたことで、母さんをたしなめたとする。きつい言い方になったかもしれない。でも、それは置物で殴り付けるようなことか？　そもそも、置物って何だ」

「お兄ちゃんのトロフィー。晶子叔母さんと一緒に、警察の人に見せられた」

比奈子がポツリと答えた。

「わざとじゃないと思う。パパの昔のとか、わたしや慎司の陸上競技会のとか、いっぱい並べてるけど、お兄ちゃんのが一番大きかったもん」

慎司もそれを初めて知った。それぞれが知っていることを話そうと言った兄の意図がようやくわかってきたような気がする。警察がどんなに調べようとも、マスコミがどんなに騒ぎ立てようとも、家族にしかわからないことがある。それを知ろうとせずに、外からの情報で今後のことを考えてみても、解決策など見当たるはずがない。

もう一度、あの晩のことを思い返してみる。会話、表情、空気――。

「……あっ」顔を上げた。

「何か思い出したのか？」

「外に出たあと、騒いでいたのが聞こえていたかもしれないって、辺りを見渡してみたんだ。そのとき、向かいの家のカーポートにおじさんがいた」

「仕事から帰ってきたところだったのか？」

「待って、向かいの車は、軽自動車が一台よ。おばさんが夕方それに乗ってるのをよく見かけるから、おじさんは通勤に使ってないと思う。どうして、カーポートにいたのかな」

「一旦帰ってきて出かけようとしていたか、車の整備をしていたとすれば、長い間そこにいたかもしれないな」

「外からなら、何か聞こえてるかも」

良幸と比奈子の会話に、慎司も「あっ」と思った。向かいのおじさんが父親と母親の会話を聞いていたかもしれない。

「家に帰ろう」

良幸が伝票を持って立ち上がった。比奈子もそれに続いた。慎司も二人のあとを追いかけるように立ち上がった。

日が変わり、午前零時三十分。オレンジ色の光の帯はまだわずかに、ひばりヶ丘まで続いている。

【七月五日（金）午後十時二十分〜七月六日（土）午前零時三十分】

小島さと子 Ⅲ

マーくん、ママよ。よかった、出てくれて。ごめんなさいね、そっちが今何時なのか考える余裕がなくて。また大変なことになっているの。今度はお隣よ。ここはいつものことだから、ママの気にしすぎかもしれない。でも、なんだかいつもと様子が違うような気がするの。

だから、ママ、勇気を出すことにしたわ。ええ、止めに行くのよ。もう二度とひばりヶ丘で殺人事件なんか起こってほしくないもの。

そりゃあ、怖いわ。でも、ほうっておけないわよ。ご主人が逃げ出してしまったんだから仕方がないでしょ。そうよ、さっきまで外で一緒に騒ぎを聞いていたの。止めて、とも頼んだわ。なのに、急に走ってどこかへ行っちゃったの。信じられる？　一家の長がわが家の一大事に逃げ出したのよ。まったく、なんてことかしら。

パパ？　今日もお仕事よ。この家を守るのがわたしの役目。もう、ママしかいないのよ。関係なくはないわ。これはね、マーくんのためなの。あなたが安心してひばりヶ丘に帰ってこられるように、ママがんばるの。だから、勇気をちょうだい。

通報？　また警察が来て、これ以上騒ぎが大きくなるのはイヤよ。
じゃあ、ママ、今から行くわね。
マーくんのためによ、わかった？

第七章　ひばりヶ丘

午後八時二十分――。

彩花は観葉植物の鉢植えを両手で持ち上げ、真弓を睨み付けると、床に思い切り叩き付けた。素焼きの鉢が割れ、小石混じりの土が床の上に散らばる。遠藤真弓は土の色と同色の床をぼんやりと眺めた。

――床の色はどうしよう。ダークブラウンの方が落ち着いた雰囲気だし、汚れも目立ちにくいけど、キズやホコリは濃い色の方が目立ちやすいのよね。彩花も気を遣うだろうし、ライトブラウンの方にしておこうか。

――やだな、ママったら。ミニカーで遊ぶ子どもじゃあるまいし、あたしが床にキズなんてつけるはずないじゃん。あたしもダークブラウンの方が好きだな。

――じゃあ、こっちにしましょうか。

あの頃が一番楽しかった。彩花の機嫌など窺わず、正面から目を見ることができていた頃が。

彩花が癇癪《かんしゃく》を起こさなければついている日、起こせばついていない日、いつからか一日の終わりをこんなふうに振り返るようになっていた。スイッチが入らないよう、神経をすり減らすように気を遣っているのに、前の癇癪から三日も経っていないのにこの騒ぎだ。いったい、いつまでこんな日々が続くのだろう。

なだめる言葉を思いつかず、出てくるのはため息だけ。

「バカにすんな！　文句があるなら、ちゃんと言え！」

真弓ににじり寄るように彩花がスリッパ履きの足を一歩踏み出すと、小石がガリリと床をこすった。さらにもう一歩、ガリリ。皮膚に小石がめり込んでいくような感覚がして、両腕に鳥肌が立つ。

「……やめて。約束、したでしょ」

「はあ？　何を？」

「床を、キズつけないって」

彩花が足元を見る。が、すぐに顔を上げた。

「知るか！　そんなこと。家、家、家、家、あんたの頭の中はいつもそれだけ。バカじゃないの？」

彩花は別の鉢植えを手に取ると、からだを窓の方に向けた。

「やめて……」

真弓の声など聞こえぬ様子で、彩花は両手を振り上げ、鉢を投げつける。薄手のカーテンの向こうから、ガラスが割れる鈍い音が響いた。頭の中が真っ白になり、からだがじわじわと透明なフィルムに覆われていく。

鉢植えは室内側に落ち、テーブルの脇と同様、窓辺の床の上にも素焼きのかけらと小石混じりの土が散らばった。白い壁紙にも土が飛んでいる。誰だ、こんなことをしたのは。わたしの大切な宝物にキズをつけたのは。振り向くと、獣が立っていた。こちらを威嚇するように睨み付けている。だが、怖くもなんともない。

「許さない」

獣に向かいそう言うと、獣はあざけるような顔で真弓を罵ったが、獣の言葉など耳に入ってこなかった。何の反省もしていない顔に怒りが増すだけだ。

「許さない！」

もう一度叫ぶと、獣に駆け寄り、正面からつかみかかった。獣は一瞬、身を強ばらせたが、すぐに体勢を立て直し、大声で叫びながら手足をばたつかせて暴れ始めた。獣の伸びた爪が真弓の頬を引っ掻く。だが、身長も体重も、真弓の方が獣よりも大きい。渾身の力を込めて、獣を床に押し倒し、その上に馬乗りになった。

「許さない、許さない、許さない！」

獣の両肩を押さえつけながら、真弓は声を張り上げる。悪いことなど何一つしていない。贅沢だってしていない。家を持ち、穏やかな家庭を築きたい。望んだことはただそれだけなのに、なぜ、こんな仕打ちを受けなければならない。いつまで耐えなければならない。もう、解放してくれ。

「あんたなんか、いなくなればいい！」

床の上にはごはんやからあげが転がっている。それらを手につかみ、獣の口に押し込んだ。怯えた目をした獣がむせ返り、涙を流しながら米粒を吐き出す。それらが床に飛び散るのを見て、さらに怒りが込み上げ、今度は土のかたまりを口に押し込み、両手で獣の口を塞いだ。

獣は「うう」とうめき声を上げたが、真弓を覆う透明なフィルムはそのままの姿勢で固まりついてしまった。


小島さと子はドアフォンを鳴らし続けた。

ガラスの割れる音が響き、真弓の叫び声が聞こえ、啓介が逃げ出し、決意を固めるために息子に電話をかけ、いったいどのくらいの時間が経ったのか把握できていない。遠藤家の玄関ドアの前に立ち、大きく深呼吸してドアフォンを押したものの、応答はなかった。続けて十回以上押してみたが、何の反応もない。

しかし、真弓の獣じみた声は聞こえている。

さと子は遠藤家の庭にまわった。季節の移り変わりを楽しむことができる木や花が美しく配置されている小島家の庭と違い、小さな花壇が一つあるだけの、庭というよりは洗濯物干し用のスペースだ。大きめの砂利が敷かれているため、歩くたびに大きな音がする。泥棒ならやっかいに感じるだろうが、さと子には心強かった。

奥まで進むと、灯りがともった部屋の窓ガラスが割れていた。うめき声のようなものが聞こえるが、カーテンが引かれているため、中の様子は見えない。真弓か、彩花か、どちらの声かはわからないが尋常ではないものを感じる。

「遠藤さん、遠藤さん」

窓の外からおそるおそる声をかけてみたが、返事はない。物干し竿を一本取り、ガラスの割れた箇所に差し込み、カーテンを動かすと、わずかに中が見えた。真弓が背を向けて彩花の上に乗り、首を絞めている——ように見える。うめき声は彩花のものだ。

「遠藤さん！」

大声で呼びかけたが、真弓の背中はピクリとも動かない。

「遠藤さん、バカなマネはやめなさい！　遠藤さん！」

何度呼びかけても真弓の反応はない。彩花のうめき声が途切れがちになっていく。どうすればいい？　窓の位置や状態からして、ここから入っていくことはできない。誰かに助けを求めにいくべきか。それなら、いっそ一一〇番通報した方がいい。

さと子は肩から下げていたポシェットのファスナーを開けた。

――ああ、これがあったんだわ。

三年前に息子が里帰りした際、「一応、こういうのも持っておいた方がいいんじゃないの？」とプレゼントしてくれたものだ。嬉しくて、肌身離さず身につけていられるよう、手芸教室でポシェットを作りたいと提案したのだ。

防犯ブザー。一度も使ったことはない。使うこともないと思っていた。これはお守り代わりなのだ、と。だが、今こそ緊急事態、これを使うときだ。

――マーくん、ママやるからね。

ポシェットからブザーを取り出し、金属の輪に指をかけ、思い切り引き抜いた。

キュンキュンキュンキュン……。鼓膜を突きやぶるような高い音が響く。耳を塞がなければ耐えられないような音だ。片耳を塞ぎながら、ガラスの割れた箇所から、さと子はブザーを部屋の中に投げ入れた。

キュンキュンキュンキュン……。背後からいきなり、鼓膜に突き刺さるような音が響いた。ビクリとからだが震え、透明なフィルムが急速に溶けていく。何だ、この音は。

真弓はゆっくりと立ち上がり、窓辺に向かった。割れた観葉植物の鉢の横に、赤いプラスティックの箱のようなものが落ちている。マッチ箱くらいの大きさでしかないのに、サイレン並みの音量だ。それを拾い上げ、両手のひらで強く包み込むと、音はいくぶんかマシになった。

「遠藤さん」

窓の外から名前を呼ばれた。顔をあげ、思わず「ヒッ」と後ずさってしまう。カーテンがいびつな形で持ち上がり、そこから顔がのぞいていた。

「わたしよ、小島です」

そう言われてカーテンをゆっくりと開けると、物干し竿の先が突き出した割れたガラスの向こうに、さと子が背伸びをして立っているのが見えた。彼女の仕業だったのか。

「遠藤さん、わたしを中に入れてもらえないかしら。ブザーを止めなきゃ、ご近所迷惑になるわ」

「でも、今、散らかってて……」

「何言ってるの、早くあの子を助けなきゃ」

「あの子?」

さと子の視線を追いながら振り返る。床の上に彩花が倒れ、えびのように背中を丸めてごほごほと咳き込みながら、口の中から茶色いどろどろとしたものを吐き出している。大変だ。

「彩花、大丈夫?」

背中をさすってやろうと足を踏み出すと、彩花が両手で顔を覆った。指の隙間から怯えるような目で真弓を見ている。こっちに来るなと全身で拒んでいるように見える。ブザーを包み込んでいる手のひらにはプラスティックと違う感触がある。土の感触。観葉植物の根がはったままの土のかたまりを彩花の口に押し込んで、それを上から押さえつけていたときの……。

「よかった、生きてるのね」

背後からさと子がつぶやくのが聞こえた。

生きている？　おかしな言い方はやめてほしい。

平静を装いながら、さと子の方を向いた。

「すみませんが、もう大丈夫なので、お引き取りください」

「何が大丈夫なものですか。わたしが止めなきゃ今頃どうなっていたことか。あなた、自分が何をしていたかわかって、そんなことを言ってるの？」

さと子は窓から乗り込まんばかりに詰め寄ってくる。だが、入れるわけにはいかない。

「これは、うちの問題です。よそ様には関係のないことです」

「いいえ。すでにわたしの問題でもあるわ。巻き込んだのはそちらよ。わたしは逃げたご主人の代わりに来てあげたんですからね」

「逃げた？」

「とにかく、このうるさい音をなんとかするのが先でしょ」

さと子が指に引っかけた輪っかのついたピンをかざす。仕方がない。

「じゃあ、とりあえず、玄関へ」

そう言うと、さと子はフンと鼻を鳴らして玄関の方に向きを変えた。砂利を思い切り踏みしめながら、「ったくもう」とぶつくさ言っている。お節介で乗り込んできたおばさんに、こんな態度をとられる筋合いはない。うるさかったかもしれないが、それなら、このあいだのようにドアフォンを鳴らせばいいのに、よりによって防犯ブザーを鳴らすなんて。近所中のいい恥さらしだ。

彩花も気を悪くしているに違いない。

振り向くと、彩花の姿がなかった。洗面所か、それとも、真弓が入って来る前に自室に避難したのか。それよりもさと子だ。玄関先でブザーだけ渡して、帰ってもらおう。

さと子がリビングに入ってきた。「ありがとう。大丈夫?」とドアの外に向かって言っている。彩花が玄関のドアを開けたのか。

「これじゃまるで、強盗が入ったようだわ」

さと子はさほど広くないリビングを見渡し、遠慮なく言った。恥ずかしさに耐えきれず下を向いていると、片手が差し出された。

「ブザーを返して」

さと子の手に防犯ブザーを載せた。キュンキュンと響く音に再度ドキリとしたが、さと子がピンを差し込むと、音はピタリとやんだ。

「これはね、息子がプレゼントしてくれたの。万が一のためにって。でも、いざ襲われても音を鳴らしたくらいでどうにかなるのかしらって、効果は半信半疑だったのよ。息子に訊くと、口を塞がれたら助けを呼べないから、その代わりをしてくれるものなんじゃないか？　って言われたけど、これの本当の効果が今日やっとわかったわ。あなた、おわかり？」

「さあ……」

「襲われたからってこんなものを鳴らしても、誰も助けになんて来やしない。あんなに大きな音が鳴っていたっていうのに、わたし以外、誰も来なかったでしょう？　それも、同じような騒ぎのあとで殺人事件が起こってから三日も経っていないっていうのに。防犯ブザーは、犯人をびっくりさせて動きを止めるということに効果があるのよ」

犯人。自分がそう扱われているように感じた。

「ご迷惑だったのなら、ドアフォンを鳴らしてくだされればよかったのに」

「鳴らしたわ。何度も、何度も。それこそ迷惑なくらいにね」

まったく聞こえなかった。

「さっきから、わたしが余計なことをしたような態度ばかりとられてるけど、警察に通報した方がよかったのかしら。なんなら、今からして差し上げましょうか？」

「そんな、あの、申し訳ございませんでした。どうぞ、こちらにおかけください」

真弓は汚れていないソファにさと子を促した。が、さと子は床に目をやると、あきれたように真弓の顔を見上げた。

「……何か、まだご不満が？」

「その訊き方も不満だけど、あなた、お嬢さんのこと、まったく気にしていないのね。もしも、お嬢さんのことは気になってしょうがないけど、わたしのせいで構ってあげられないでいるのなら、わたしは出直すわ。でも、そうするのがちょっと心配なのよ」

何が心配だというのだろう。毎日毎日、ひとりで耐えてきたが、今日はついに耐えきれず、彩花につかみかかってしまった。殴ったわけではない。首を絞めたわけでもない。うるさい口を塞いだだけ。土まで口に入れたのはやりすぎだったかもしれないが、こんな大袈裟《おおげさ》な言われ方をされなければならないことなのか。彩花は少しばかり苦しそうにしていたものの、立ち上がって出て行ったではないか。さと子に玄関のドアを開けてやったのは彩花ではないか。

「あの、わたしも娘も、本当に大丈夫ですから」

「そうね、お嬢さんの口からそれを聞いたら帰らせていただくわ。あなたも、その汚れた服を着替えてきたらどうかしら」

さと子はそう言うと、ソファにどっかりと腰を落とした。テーブルの上のリモコンを取ると勝手にテレビのチャンネルを替え始める。どこまであつかましいのだとあきれたが、テレビをつけっぱなしにしていたことにも気付かなかった。納得できない気持ちでいっぱいだったが、俊介くんの歌が聞こえ、少し心が落ち着いた。

あの子は今頃どうしているのだろう。

彩花よりも慎司のことが気になった。

さと子の携帯電話の待ち受け画面は、高木俊介だ。

俊介が出演している十時の歌番組にテレビのチャンネルを合わせた。いつも録画して観るこの番組をリアルタイムで見るのは初めてだ。こんな時間まで自分は何をしているのだろうと思う。

隣の敷地に家が建設されている頃から、さと子は違和感を憶えていた。中途半端な面積の土地を買ってもらえないかと不動産業者は最初、小島家にやってきたが、そもそも宅地開発に反対していたさと子としては、そのために余ってしまった土地を買い取ってやるなど、論外だった。

その土地が売れたと聞き、どこかの家の駐車場にでもなるのかと思っていたら、家が建ち始めた。小さいながらも時間をかけて丁寧に建てられていくのかと思いきや、鉄骨の枠が組まれると、パンパンパンと壁がはめ込まれ、一日で家らしきものができあがってしまった。そのとき、さと子の胸に込み上げてきた思いとは。

――これは、ひばりヶ丘に建つべき家ではない。

違和感を抱えたまま家は完成し、しばらく経つと、そこに住む家族がやってきた。違和感をぬぐい去ってくれるような人たちを期待していたが、まったくの期待外れ、しかも、違和感を嫌悪感に変えてしまうような出来事が定期的に起こり始めた。

彩花の癇癪だ。

初めて彩花の癇癪を聞いたときは驚いたが、何か事情があったのだろうと聞こえないふりを決め込んだ。これだけ騒いだのなら、明日、謝罪にも来るだろうし、古くからの住人として理解のある態度を示そうと、お茶とお菓子を用意して待っていた。しかし、一日中待っても隣の住人は誰も小島家を訪れなかった。

翌朝、彩花の通学時間に合わせて外に出て掃き掃除をしてみたが、彩花はさと子の前を素通りしていくだけ。挨拶をしないどころか目を合わせようともしない。どんな教育をしているのかとあきれたが、その後出てきた啓介も、真弓も、さと子と目が合った瞬間、しまったという顔をし、ニヤニヤペコペコしながら、足早に去っていった。

こんなことなら、この土地を買い取っておけばよかった。だが、宅地の造成工事が完了すれば、こういう一家がたくさんやってくるのだ。ひばりヶ丘はもうひばりヶ丘でなくなってしまう。ひばりヶ丘に三十年以上住む人たちで構成される婦人会主催の手芸教室だけが、さと子にとっての楽しみだった。だが、ある日、テレビで十代の頃の息子によく似た男の子を見つけた。

高木俊介。歌をうたっても、ドラマに出ても、トーク番組に出ても、たどたどしくて見ていられないが、それがかえって親心をくすぐり、熱心に応援するようになった。すると彼の方も、さと子の期待に応えるかのように、メキメキと実力を伸ばしていった。

俊介を応援するにつれ、気になり始めたのが、高橋家の次男、慎司だ。不思議なもので、慎司だけ見ると、まったく息子に似ていないのだが、あいだに高木俊介を挟むと、グラデーションのように、共通点が自然に引き立ち、慎司に息子の姿を重ねることができた。

毎朝、慎司の姿を見たいがため、掃き掃除を日課にした。自治会費を払っているのだから、家の前の道路などさと子が掃除をする筋合いではないのだが、一日のスタートに慎司を見ることは、さと子の気持ちをうきうきさせてくれた。慎司は子どもの頃に比べると、元気がなくなったように思えたが、受験生なのだから疲れているのだろうと、あまり気に留めていなかった。

慎司も俊介のようにアイドルを目指せばよかったのだ。そうすれば、あんな事件は起こらなかったはずなのに。父親の弘幸だって、それを勧めていた。母親の淳子の気持ちがまるで理解できない。越してきた頃は、きれいでもの静かな感じのいい人だと思っていたが、ここ数年、五年くらいだろうか、時折、違和感を憶えるようになった。それが何だかわからなかったし、気のせいかもしれないとも思っていたが、事件が起こりその正体に気が付いた。

遠藤家が建てられていたときと同じ違和感。淳子もまた、このひばりヶ丘にいるべきではない存在だったのだ。行方不明だという慎司は気になったが、ひばりヶ丘を守りたいという気持ちの方が勝り、さと子は行動を起こした。

それにしても、この遠藤家の人たちは、「人のふり見て我がふり直せ」ということわざを知らないのだろうか。向かいの家で殺人事件が起これば、普通なら自分たちの生活を見直すはずだ。わが家で同じ事件が起こらないと果たして言い切れるのか、親子関係を見直したり、自分の言動を冷静に振り返ってみたり、悲惨な事件が起こらないためにはどうすればいいのか考えたり、家族で話し合ってみたりするのではないか。自分もしばらく連絡をとっていなかった息子夫婦に電話をかけた。それなのに。

三日も経たずに、このザマだ。世の中は、坂を下ればこんな人たちばかりなのだろう。だから同じような事件が頻繁に起こるのだ。この一家がどうなろうが関係ない。

しかし、ひばりヶ丘でこれ以上事件が起きるのだけは阻止しなければならない。

午後九時二十分――。

彩花は何度もうがいを繰り返した。しかし、のどの奥のざらざらとした感触は消えない。洗面台についたシャワーでねばねばする首もとを洗い流したが、圧迫感が消えることはなかった。洗顔クリームのキャップを閉めようとするが、うまくはまらない。手も足も、からだじゅうの震えが止まらない。動作を止めると、歯ががちがちと鳴り、その音をかき消すように水道の蛇口を思い切りひねった。

――怖い。

母親にまったく怒られたことがないわけではなかった。子どもの頃から、人並みのことでは怒られていたと思う。大きな音をたててドアを閉めたり、食器を乱暴に扱ったら、もう一度やり直しなさいとよく言われた。それを無視して、手の甲を叩かれたこともある。「ジジイ」とか「ババア」とかテレビのお笑い番組で憶えた言葉を気軽に口にしたときも、そんな言い方をするもんじゃないと叱責された。

悪いことなど何一つしない、いい子になったわけではない。むしろ、昔の方がもっといい子だった。それなのに、怒られなくなったのはいつ頃からだろう。

怒るかわりに、情けなさそうな、今にも泣きそうな顔をするようになったのはいつからだったろう。あきらめたような、この子には何を言ってもムダというような、そんな態度が癪にさわり、いらついた気持ちの収めどころを見失ってしまう。

文句があるなら言えばいい。気に入らないなら怒ればいい。一方的に被害者のような顔をして、これ見よがしにため息をつく。

殴られる方がまだマシだ。やれるもんならやってみろ。胸の中で何度も毒突いていた。

だけど、さっきのは何だったのだろう。

子どもの頃、いたずらや失敗をして「彩花！」ときつい口調で名前を呼ばれると身が縮む思いがした。恐る恐る顔を上げると、母親の厳しい目がまっすぐ彩花を見据えていた。ごめんなさいと声に出ることもあったが、出ないことの方が多かった。悪いことをしたとは思っても、その気持ちをどう言葉に表してよいのかわからなかったし、声を出そうとするとその前に涙が溢れ出しそうになり、それをこらえようとすると声も出なくなってしまうのだ。

　不安な気持ちで母親の顔をじっと見ていると、母親はニコッと笑ってくれた。声に出せなくても彩花が反省している気持ちをくみ取ってくれ、「今度から気をつけるのよ」と優しく言ってくれた。

　だが、今日の母親は。まさか、つかみかかってくるとは思わなかった。母親の力は想像以上に強く、あっけなく床に押し倒された。彩花の上にのしかかり、怖ろしい顔で彩花を見下ろしていた。彩花がじっと見返しても、母親の表情は変わらなかった。いつまでたっても、彩花が反省をしても、笑顔になることは決してない顔だった。怒っている、とはまた違う。

　殺してやる、そんなふうに見えた。

　——あんたなんか、いなくなればいい！

　母親はそう言いきった。

　床に落ちた食べ物を口に押し込まれ、吐き出すと、今度は土のかたまりを入れられた。吐き出さないように口を思い切り押さえつけられ、出口を失った土はのどの奥へと流れていった。むせて胃の中のものが逆流し、のど元で土と混ざったが、吐き出せず、気管に流れ、呼吸ができなくなった。こめかみがうずき、視界がオレンジ色に変わり、意識が途切れそうになった。

　それでも母親はピクリとも動かず、彩花の口を力いっぱい押さえ続けていた。

ラメポが来なければ死んでいた。

あの人は、もう母親、いや、人間ではない。どこか壊れてしまっているのではないか。その証拠に、口の中のもの、胃の中のものを吐き出しながらむせ返っていると、「彩花」と何事もなかったかのように寄ってこようとした。まるで、彩花を酷い目に遭わせたのが別の人間であるかのように。

父親が帰ってくるまで、ラメポにいてもらおう。父親が帰ってきて事情を話したところで頼りになるかどうかは疑問だが、家の中であの人と二人きりになるよりはマシだ。

しかし、どうしてこんなことになってしまったのだろう。

確かに、癇癪を起こしたのは自分だが、いつもと何が違うというのか。向かいの家で殺人事件が起こったショックでおかしくなってしまったのだろうか。慎司に一万円を渡したことを気にしていた。きっと、そのせいだ。

慎司のせい、ひばりヶ丘のせい。

——あんたなんか、いなくなればいい！

いなくなった慎司のことは心配しているくせに。

空っぽになったはずの胃袋から絞り出されるように、黄色い液体が口からこぼれ落ち、出しっぱなしの水道水に流されて排水口へと消えていく。それでもまだ、のどの奥には土の感触が残っていた。

午後九時三十分――。

遠藤啓介は工務店の仮眠室で、コンビニで買ってきた弁当を開けた。

事務所で見積書を作成していた主任に、仮眠室使用願いの用紙を渡すと、「ヨメに追い出されたのか？」とからかわれた。「まあ、そんなもんです」と頭をかいて鍵を受け取りながら、それならばどんなに気分が楽だろうとため息をついた。

自分は逃げたのだ。

彩花の癇癪は今に始まったことではない。真弓が「やめて」と悲痛な声を上げることも。今だけだ、数年間の辛抱だ。きっと、時間が解決してくれる。そう自分に言い聞かせてやり過ごしてきた。そして、解決のときが期せずして訪れた、はずだった。

不謹慎ではあるが、今回の事件でわが家は変わることができるのではないかと、わずかに期待を持っていた。

彩花の癇癪の原因……受験の失敗、コンプレックス。わが家の三倍の敷地に建つ、豪華な造りの向かいの家。そこに住む子どもたちは礼儀正しく、容姿も整っている。同年の男の子は有名な私立進学校に通い、二つ年上の女の子は自分が落ちた学校の高等部におしゃれな制服を着て通っている。そんな環境で、何の煩いもなく、楽しく過ごせるわけがない。自分は自分と強くいられる方が稀なのではないか。

だが、そんな絵に描いたように非の打ち所がない家で、家庭内殺人事件が起こった。加害者は母親だが、子どもたちもこれまでと変わらぬ生活を送ることは難しいだろう。それに関しては同情するが、彩花にとっては価値観が変わるきっかけになるのではないか。金よりも、容姿よりも、学歴よりも、何事もなく普通に過ごせることが一番の幸せなのだと気付くことができれば、癇癪も収まるのではないか。

真弓も啓介も心穏やかに過ごせるのではないか。……と思っていたのだが。

弁当のからを捨て、コンビニで買った発泡酒のプルトップを引いた。

なんて、浅ましい考えなんだ。他人の不幸を見なければ実感できない幸せなど、本当の幸せだと言えるのだろうか。……いや、言える。そうなってほしかった。

まさか、三日にあげず、癇癪を起こすとは。

家庭内殺人事件という、多くの人間が生涯遭遇することのない非日常的な出来事が向かいの家で起きても価値観の変わらない人間が、この先何を機に変われるというのだろう。時間が経ち、何歳になろうとも彩花は一生、癇癪持ちの彩花のままではないのか。そんな家で自分は一生過ごさなければならないのだろうか。

もう、勘弁してくれ。

気が付くと、家に背を向けて駆け出していた。逃げたところで、他に女がいるわけでもなく、実家が近くにあるわけでもなく、数時間前に出た職場に戻っただけ。一晩寝て、明日になれば、またあの家に戻るしかないのだ。

彩花と真弓は何と言うだろう。

小島さと子は早く止めろとせっついてきたが、父親にやめろと言われ、おとなしく引き下がるような娘ではない。気の済むまでやらせておくか、第三者に止めてもらうしか手はないのだ。さと子があのままほうっておくことはないだろう。さと子に乗り込まれ、真弓はバツが悪い思いをしたに違いない。さと子からダンナが逃げたと聞かされ、あきれているかもしれない。あとで、電話を入れておいた方がいいだろうか。

しかし、小島さと子には驚いた。人の好《よ》さそうなおばさんを装った金持ち奥様が、高橋家の窓ガラスを割ったとは。そして、あの無数のビラ。ひばりヶ丘の婦人会でやったのだと、悪びれる様子もなく、堂々と言っていた。自分たちがいかにひばりヶ丘を作り上げてきたかということを、聞きたくもないのに語られたが、ひばりヶ丘がどれほどのものだというのだ。山側だの海側だのといってもほんの数キロの違いではないか。海側で雨が降れば山側も雨、山側が小春日和ならば海側も小春日和だ。

それよりも、伝統のある地域というのは、あとに続くものがあってこそ、成り立つのではないのか。ひばりヶ丘を守りたいのなら、日本中から好奇の目にさらされている高橋家の子どもたちを守ってやるべきなのに、扇動してどうする。あの子たちが今の惨状を見たらどう思うだろう。

事件当夜、啓介は高橋家の会話を外から聞いていた。決して盗み聞きをしようとしたのではない。帰宅したら叫び声や物音が聞こえてきた。またわが家か、とため息をつきそうになったが、そうではなかった。まさかの高橋家だった。幸せを絵に描いたような向かいの家が、わが家と同じ状況に陥っている、いったいこの先どうなるのだろう。そんな思いで耳をそばだてていたのだ。

騒ぎは父親のひと声で収まったようだった。その事実に啓介は肩を落とした。その後、高橋家からは場所を変えて、夫婦の会話が聞こえてきた。それが急に静かになった。窓を閉めたせいだろう。しばらくして慎司が外に出てきて、坂道を下っていった。こんなところで自分は何をしているのだろうと家に入ろうとすると、玄関が開き、真弓がコンビニに行くといって出てきたのだ。

それをさと子が見ていたとは。

だが、咎められることは何もないはずだ。

真弓が出て行き、しばらくしてから、救急車とパトカーが立て続けにやってきた。彩花と様子を見に出ると、高橋弘幸が運び出されているところだった。ケガでもしたのかと思ったら、殺人事件だった。加害者は妻の淳子。夫と口論になり置物で殴ったと供述している。その口論とは、時間的に考えると、自分が聞いていた会話のことだ。それに思い当たったときは、背筋がぞっとし、冷や汗が出そうになったのだが。

あの会話は口論と呼べるものなのだろうか。殺人事件が起こるような口論であったのなら、いくら自分でも、ぼんやりと聞いているのではなく、何かしら止めに入る策を練っただろう。おそらく、さと子もそうしたのではないか。

だが、どう思い出しても、ありがちな夫婦の会話でしかなかったのだ。あれのどこから殺意が芽生えるのか、見当もつかない。

その家の人間にしかわからないことがあるのだ、きっと。わが家はどうなるのだろう。逃げて、明日帰って、真弓と彩花に軽蔑され、またいつもの生活に戻る。

それしか、選択肢はないのだろうか。


午後十時二十分――。

真弓は洗面所にこもったままの彩花と二人きりになるのをためらい、二階の寝室で手早く着替えだけ済ませて、リビングに戻ってきた。一度出て入り直すと、饐《す》えた臭いが鼻をついた。床に広がった彩花の嘔吐物の臭いだ。他にも、みそ汁がこぼれ、からあげが転がり、皿が割れ、椅子が倒れ、これでは、さと子が訝しむのもあたりまえだ。

キッチンペーパーで嘔吐物をかき集める。ほとんどが泥だ。これだけのものが口の中に入っていたのか。苦しかったに違いない。ろくに息もできなかっただろうし、気管につまれば窒息する恐れもあった。そんな酷い目にあわせていたのは……本当に自分なのだろうか。

両手のひらを広げて眺めてみる。握って、開いて、握って、開く。

あのときの感覚はどこにもない。

もしも、さと子が防犯ブザーを鳴らさなければ。

さと子はこちらをちらちらと見ている。まるで見張られているようだ。

「あの、コーヒーでも淹れましょうか」

「けっこうよ」

「じゃあ、お茶を」

「いいえ、お構いなく」

臭いのこもった部屋で嘔吐物を片付けながら、飲み物は？　と訊ねられても、迷惑なだけだろう。よくここにじっとしていられるものだと、改めて感心してしまう。真弓が同じ立場なら一刻も早く逃げ出したいと思うはずだ。

「あの、こんな時間に大丈夫ですか？　ご主人は」

「今日はいません。大事なお仕事があって出かけてるの。あなたにご心配いただくようなことは何もないわ」

さと子はそう言ってテレビに目をやり、真弓は片付けを続けた。

姑と同居すると、こんな感じなのだろうか。啓介の両親は結婚したときにはすでに姉夫婦と同居していたため、一緒に住むことを考えたこともなかったが、パート仲間から姑の愚痴を聞かされたことは何度もある。

子どもを叱っていても、途中で入ってきて庇うものだから、ちゃんと最後まで叱ることができない。きつく叱ろうとすると、そんなに怒ることはないだろうと、逆にたしなめられるから、姑の前では怒れない。子どももそれをわかっているから、危ないと思うと姑のところに逃げていく。これではしつけも満足にできない。そんなことを言っていた。

だが、テレビでは、母親の育児ストレスによる虐待の原因は、家族の縮小化によるものだと言っていた。母親と子どもが二人きりで閉じこもることにより、何も抑止力のない中で悲劇が起こるのだ、と。簡単に言えば、母親がカッとなっても、止める人がいないということだ。家族だけではない。地域のつきあいも薄くなった。

わたしは、何を考えているのだろう。

もしも、さと子が止めなければ今頃どうなっていたか、想像するのが怖ろしくて、どこかで聞いたうろ覚えの一般論で頭の中を埋めようとしているのだろうか。

使える皿を拾い、ガラスの破片や割れた植木鉢やかけた茶碗を紙袋に集め、除菌クリーナーで床を拭いた。空気を入れ換えるため、エアコンはつけたままにして、ガラスの割れた窓を全開にした。生暖かい風が頬に触れるのが、心地よかった。

自分は外とつながっている。

彩花がリビングに戻ってきた。

パジャマに着替え、タオルケットをマントのようにまきつけている。真弓から目をそらしながらソファに向かい、さと子の隣に座った。

「苦しいから、横になっていい？」

「ええ、どうぞ」

さと子にことわり、彩花はさと子の方に頭を向けて、ソファの上にごろんと横たわる。

それに気付かないふりをしながら、汚れ物を持って部屋を出た。洗面所に入ると、洗面台も周りの床もびちゃびちゃに濡れていた。脱ぎっぱなしの服が洗濯カゴの手前に放り投げられている。それらを片付ける気にもならなかった。力ずくでねじ伏せ、怯えさせたところで、あの子は何もわかっていない。彩花はずっと彩花のままなのだ。顔と手を石けんで念入りに洗い、真弓はリビングに戻った。

それぞれが手をつけるかどうかは別にして、三人分のグラスに紙パックに入ったアイスティーを注ぎ、テーブルに置いた。さと子と彩花の向かいに座る。彩花が横になったまま、グラスに手を伸ばした。

「彩花、こぼれるわ。ちゃんと座って飲みなさい」

「うるさい、人殺し！」

優しく言ったはずなのに、彩花はさっと手を引っ込め、吐き捨てるように言う。人殺し。

「やめて、殺すだなんて」

「だって、あんた、あたしを窒息死させようとしたじゃない」

「そんなつもりは……」

「あんたがどんなつもりでも、本当に死にそうだったんだからね！　ラメ……小島さんが来てくれなきゃ、あたし本当に死んでた」

「よしなさい、彩花。大袈裟よ。小島さんがびっくりされてるじゃない。ねえ」

愛想笑いを浮かべながらさと子に目をやったが、さと子は厳しい顔で真弓を見返した。

「わたしにも、あなたが彩花ちゃんを、殺……首を絞めているように見えたわ。だから、防犯ブザーを鳴らしたの。ここにずっといるのも、今、わたしが帰ったら、あなたたちは、殺そうとしただのしてないだのでまたケンカをするでしょう？　それが心配なのよ。だから、わたしの見ている前でちゃんと和解してちょうだい。いったい、ケンカの原因は何だったの？」

ケンカ？　あれをケンカというのだろうか。どの段階のことを指すのだろう。彩花につかみかかった理由を訊いているのだろうか。

「もう、限界だったんです。いつもいつも同じことの繰り返し。癇癪を起こす彩花がもう……自分の娘には見えませんでした」

獣に見えた、とは言えなかった。

「あんたのせいじゃない。あたしだって、突然暴れ出すわけじゃない。あんたがいつも怒らせるからじゃない」

「今日は、何があったの？」さと子が彩花に訊ねる。

「向かいの家の二階の窓ガラスを割ったのが、あたしだって言うの」

「だって、石を振り上げてたじゃない」

「ね、こうやってあたしの言うこと信じてくれないの。親に濡れ衣着せられて、黙っていられると思う？」

「やっぱり止めに来て正解だったわ」

さと子は真弓と彩花の顔を交互に見ると、真弓の方で目を止めた。

「お向かいのガラスを割ったのはわたしよ」

「小島さんが？」

彩花ではなく、よそから来た野次馬でもなく、この、さと子が？

「ほら、あたしのせいじゃなかったじゃない」

彩花が勝ち誇ったように言う。だが、それは結果としてだ。たまたまさと子が先に割っていただけ。

「でも、彩花が割ろうとしていたのは事実だわ」

「割ったと割ってないじゃ全然違いますぅ」

「彩花が自分で思いとどまったわけじゃないでしょ。あのときわたしが帰ってこなかったらどうなってたの？」

「そっちこそ、小島さんがブザー鳴らしてくれなかったらどうなってたの？　そこまで言うなら、あたしがガラスを割ったことにしていいよ。人殺しよりは何倍もマシだもん」

どんなに強い殺意を抱いても、殺すと殺さないのあいだには大きな境界線がある。それを踏み越えるのと思いとどまるのとには、意志が大きく左右するものだと思っていた。倫理観、理性、忍耐力。だが、それだけなら、自分は今頃人殺しになっていた。止めてくれる人がいるかいないか、それに左右される場合の方が多いのではないだろうか。犯罪を起こさない人間が決してえらいわけではない。

自分には止めてくれる人がいた。高橋淳子にはいなかった。たったそれだけの違い。自分の意志をコントロールすることができないことは身にしみてわかった。もう二度と彩花にあんなマネはしないと約束する自信がない。次にまた同じ状態になったとき、止めてくれる人がいなければ、今度こそ、本当に殺してしまうかもしれない。

「一緒に暮らさない方がいいのかもしれない」

息を吐き出すようにそう言った。

「はあ？　何開き直ってるの？」

「ちゃんと考えて言ってるの。彩花はこの家が嫌いなんでしょう？　ひばりヶ丘がいやなんでしょう？　それなら、パパと別のところに住みなさいよ。前に住んでいたところに戻って、高校も彩花が行きたいところを受ければいいじゃない。全部わたしのせいにされても、受け止めきれないのよ。またきっと、今日のようなことが起こる。だから、そうなる前に離れておいた方がいいと思うのよ」

「やっぱり、家の方が大事なんだ。あんたにはこの家さえあればいいってわけね。それであたしとオヤジはやっかい払いなわけね。あたしのために、自分も一緒にこの家を離れようとは思わないってことでしょ」

「どこへ行っても一緒にいれば同じなのよ。ひばりヶ丘を離れたら、彩花は第一志望の高校に入れるの？　仮に入れたとして、また三年後には受験や就職試験があるわ。部活でおもしろくないこともあるかもしれないし、お友だちとケンカしたり、失恋することもあるかもしれない。そういうの、彩花にとっては全部、わたしのせいなんでしょ？」

「そういうのを引き受けるのが、親ってもんでしょ」

「じゃあ、わたしにはもう、親は無理だわ」

「ちょっと、小島さん、この人に何とか言ってやってよ」

彩花がすがるようにさと子に言う。さと子は真弓に目をやり、小さくため息をつくと、彩花に向き直った。

「あなたのママは疲れてるのよ。これだけわが子に、あんたあんた、って連呼されてたら、親をやめたくもなるわ。彩花ちゃん、あなた、親をあんた呼ばわりできるほど、何がえらいっていうの？　将来、ノーベル賞でもとるのかしら。でも、そういう人は自分の親をあんただなんて絶対に呼ばないわね」

　彩花がさっと身を起こした。背を丸め、さと子を見上げるように睨み付ける。よそ様にまでそんな目を向けるのかと、情けない気持ちになりながらも、真弓は黙って二人の様子を見ていた。言いたいことを言い切ってしまった今、何もかもがどうでもよくなった。風呂に入ってベッドで眠りたい、それだけだ。そういえば、啓介の帰りが遅い。だが、それもどうでもいい。

「何それ。頭が悪いヤツには何も言う権利はないってこと？」

「どうして、そういう解釈になっちゃうのかしら」

「結局、あんたもあたしのことバカにしてんじゃん。向かいの家のガラス割った人がえらそうなこと言わないでよ」

「ちょっと気に入らないことを言われたからって、わたしまでもう、あんた呼ばわりなのね。わたしはね、このひばりヶ丘で生きてきた人間としての信念を持って、石を投げたの。ビラを貼る音頭をとったのもわたしよ。名乗り出ろって言うのなら、堂々とそうするわ。そして、わたしたち昔からの住人がどうやってひばりヶ丘を守ってきたか、どれほどひばりヶ丘を愛しているか、このたびの件でどれほど憤りを感じているか、胸を張って訴えるつもりよ」

　さと子は背筋を伸ばしたまま、毅然と言い放った。

「……帰ってよ」

彩花はつぶやくようにそう言うと、さと子と目を合わせないよう、タオルケットを頭から深くかぶった。

「そうね、そろそろおいとまさせていただくわ。二人でわたしの悪口でも言って仲直りしなさいよ。ご主人が逃げちゃったんだから、わたしとしてはそうしてもらうのが、一番安心だわ」

ご主人が、逃げた？　先にも聞いたような気がするが、頭の中で反復し、ようやくただごとではないことに気付いた。

「どういう意味ですか？」

「最初に言ったでしょ。おたくのご主人はとっくに帰ってきていたのよ。外で会ったから立ち話をしていると、ドンガラガッシャンが始まって。早く止めにお入りになったらって言ったら、まあご主人、走って逃げていっちゃったのよ。それで、仕方がないから、わたしが来てあげたんじゃない」

「主人はどこへ？」

「さあ？　坂を下っていったわ。あら、イヤだ。もうこんな時間、真夜中じゃない。それじゃあ、おやすみなさい」

さと子はよっこいしょと立ち上がり、リビングを出て行った。玄関を開閉する音が聞こえる。

彩花と目を合わせたが、お互い口は開かない。何を言えばいいのかわからない。啓介のことは気になるが、気力も体力も残っていない。先に逃げた者勝ちなのだろうか。いっそ自分も、殺人事件が起きた夜に、コンビニから家に戻らず、逃げてしまえばよかったのかもしれない。

彩花はタオルケットを丸めると、リビングから出て行った。二人きりになるのを避けているのだろうか。真弓はソファに体重をかけるように深く腰掛け、目を閉じた。もう、何も考えたくない。――そこへ、

『ちょっと、何してるのあなたたち！』

開け放した窓から、小島さと子の声が飛び込んできた。

いったいどうしたというのだろう。ほうっておきたいが、声が聞こえてしまったのだから仕方がない。防犯ブザーの音は聞こえないが、大変なことが起きていても困る。両膝に手を突いて、重い腰を上げた。玄関ドアを十センチほど開けて外の様子を窺うと、姿は見えないが、さと子がぶつぶつと文句を言っているのが聞こえた。

思い切って外に出てみる。

まさか、そんなことが――。

午前零時五十分――。
高橋良幸と比奈子、慎司の三人は無言で深夜の坂道を上っていた。

ネットの書き込みを思い出しながら、わが家の最悪な状態を想像し、「大丈夫、俺がしっかりしなければ」と胸の内で自分に言い聞かせながら、良幸は歩いた。

鳴らない携帯電話をバッグのポケットの上から握りしめたまま、比奈子は歩いた。

前方に兄、後方から姉、もう逃げることはできないのだと足元だけを見ながら、慎司は歩いた。

ひばりヶ丘に入り、徐々にわが家が見えてくる。良幸が足を止め、慎司と比奈子も続いて立ち止まった。

「どうしたの？」比奈子が訊ねる。

「人がいる。何か騒いでるけど、家の前じゃないか？」

「ホントだ。どうしよう、嫌がらせをしに来てるのかな」

「もう少し近づいて、様子を見よう」

良幸は大きなからだを道路の端に寄せて、ゆっくりと歩を進めた。慎司と比奈子も良幸の背中ごしに様子を見ながらゆっくりとついていったが……。

「あっ！」

比奈子は声を上げると、全速力で駆け出した。

午後十一時——。

遠藤啓介は玄関脇のドアフォンに伸ばした手を戻した。何度同じ動作を繰り返しただろう。ここまで来て何をためらっているのだと手のひらを眺め、拳をつくりもう片方の手のひらに打ち付ける。気合いを入れるためにそうしたはずなのに、ピチンと頼りなく鳴った音に驚き、辺りを見回してしまった。

約束もしていない他人の家を訪問できる時間ではない。たとえ、数時間前にいた場所でもだ。それでも、あきらめきれずに玄関前をうろうろしているのは、この家の灯りが一階も二階もまだ複数の部屋でともっているからだ。家人が寝静まっているわけではない。

何か忘れ物をして、取りに来たことにしようか。この時間にそうしても不審に思われないもの。仕事の資料、家の鍵、財布、携帯電話……事前に連絡を入れずに訪れてしまったのだから、携帯電話がいいだろう。財布機能もついていて云々、と。

啓介は再び、ドアフォンに手を伸ばした。モニター付きだ。呼吸を整え、今度は人差し指の先でしっかりと押す。しばらくすると、「はい」と男の子の声が返ってきた。てっきり、大人が出ると思っていたが、父親が不在か、風呂に入っているのだろう。常識外れな時間の訪問者に、一家の男子が代表して出たのかもしれない。

「夜分遅くに大変申し訳ございません。昼間お世話になりましたS工務店の遠藤です。実は携帯電話が見当たらず、お宅に忘れてないかと、伺わせていただきました」

ドアフォンに向かってぺこぺこと頭を下げ、つっかえながらなんとか言うと、「ちょっと待ってください」とドアフォンが切れた。家の中からバタバタと走るような音が聞こえる。携帯電話を捜してくれているのだろうか。少し心が痛んだ。

——俺は何をしているんだ。

五分ほど経ち、ドアが開けられた。昼間、壁紙を貼り替えた部屋の主、鈴木弘樹が携帯電話を片手に、サンダルを引っかけて出てくる。

「今日はどうもありがとうございました。新築の家に僕だけ引っ越した気分です。……携帯ですよね。僕の部屋とリビングは見てきたんですけど、見当たらないので、番号教えてください。これで鳴らしながら捜してみます」

そう言って、弘樹は自分の携帯電話を開いた。啓介は黙り込むことしかできない。番号を伝え、発信ボタンを押されたら、途端にズボンのポケットから着信音が流れ出してしまう。見当たらないと嘘をつくのなら、電源を切っておくべきだった。真弓か彩花の番号を言おうか。いや、彩花の番号は知らない。しかし、真弓にしても、電話に出られると嘘をついたことが弘樹にバレてしまう。

「すまない」

啓介は頭を下げた。

「電話を忘れたというのは嘘なんだ。実は、向かいの家のことで、ちょっと。向かいの家というのは、高橋さんというお宅で、大変な状態になっていて、わたしはそれを今からこっそり片付けに行こうと思ってるんだ」

「大変な状態、って？」

「窓ガラスが割られていたり、中傷するビラが貼られていたり。家の人は今日は誰もいないみたいだけど、帰ってきて、あれを見たらものすごく傷つくと思うんだ。ガラスも直したいところだけど、そうなると家宅侵入罪になるかもしれないから、せめて、ビラをこっそり片付けておこうと思う。でも、わたしがやったことがわかると、近所の人たちとのあいだで角が立つ、というか、実際そういう状態にしたのはその人たちだから、絶対に良くは思われないはずなんだ。それで、どうしようかと考えたんだが、昼間、きみたちの話を聞いていたら、どうも、高橋さんところの娘さんと仲が良さそうな感じだから、きみたちが片付けたことにしてもらえないかと……相談にきたんだ」

不審に思われることを覚悟で一気に打ち明けた。顔中に噴き出した汗をポケットから取り出したタオルハンカチで拭おうとしたら、足元に携帯電話がごとりと落ちた。

だが、弘樹は眉をひそめたりなどしていない。何か考えている様子だ。

「すいません、ちょっと、ほんのちょっとだけ、待っててもらえませんか？」

そう言うと、急いで家の中に入っていった。ポツリと取り残された玄関前で、啓介は弘樹が戻ってくるのを待った。

――俺は何を言ってしまったんだ？

仮眠室のベッドに横になっても、まったく眠れなかった。それどころか、目を閉じると平らなベッドがどこか傾いているように感じられた。発泡酒を一缶呷《あお》っただけで、飲み過ぎたわけではない。このままどこか、暗闇の中へ転がり落ちていくような気がして、あわてて目を開けた。

ここで夜を過ごしてもいいのだろうか。明日、仕事を終えて何事もなかったように帰ればいいと思っていたが、果たして、それで元の生活に戻れるのだろうか。

今夜帰らなければいけないような気がした。明日にはもう、わが家は修正できない状態になっているのではないか。根拠はないが、漠然とした不安が胸に込み上げてきた。

逃げ出した、という事実を今夜中にならどうにか修正できるのではないか。

帰る理由が欲しかった。その前に、家から去った理由が欲しかった。小島さと子に会ってしまったのだから。逃げたのではない、職場に戻ったのだと言える理由。頭の中に、高橋家の惨状が浮かんだ。醜く貼られた中傷のビラ。割れた窓ガラス。これは間違った行為ではないと堂々と言い切るさと子に、自分は何も言い返すことができなかった。挙げ句の果てには無能呼ばわり。そしてついには逃げ出した。

家の中でも外でも何も言い返すことができない。ムダな争いを避け、黙ってやり過ごすのが一番だと信じてきたが、それで何か解決したことがあっただろうか。現状を少しでもマシな方へ向けるため、自分にできることは何だろう。

その答えが、高橋家を夜明けまでに元の状態に戻すということだった。

わが家の問題に背を向けて、他人の家を修復するというのは、逃げ以外の何ものでもない。

それでも、今夜帰るきっかけと、あの場を去った理由にはなってくれるのではないかと、職場でゴミ袋とヘラとシール剝がしの溶液を借りた。

そうと決めたのなら、まっすぐひばりヶ丘に帰ればいいものを、なぜここへ寄ってしまったのか――。

玄関のドアが開けられ、弘樹が出てきた。

「お待たせしました」頭にタオルを巻き、運動靴を履いている。

「比奈子さんちをきれいにするの、アリバイ工作だけじゃなく、僕も一緒に行きます」

「いや、しかし、時間も遅いし、そういうつもりで来たんじゃないんだ」

啓介はあわてて断った。

半時間前――ひばりヶ丘へ向かう坂道を上がりながら、何度も足が止まってしまった。そのまま職場まで逆戻りしたい衝動にかられた。向かいの家をきれいにしたからといって何になる、今夜帰ったからといって何が変わる、そんな内なる声をかき消してしまいたかった。今から自分がやることを誰かに宣言したかった。誰でもいい。だが、できれば、自分の行動をわずかにでも理解してくれそうな人がよかった。

そこで夕方、鈴木家で聞いた会話を思い出した。きょうだいが高橋比奈子の知り合いでかつ、比奈子のことを案じている。しかも、とてもいい雰囲気の家庭だった。それだけの理由でやってきたのに、まさか、一緒に行くと言われるとは。いや、どこかでそういうことも期待していたのかもしれない。

「でも、行きたいんです。お願いします」弘樹が頭を下げる。

「だけど、ご両親が心配されるんじゃないかな」

「母の許可はとってきました。風呂上がりなんで出てはこれないけど、うちのゴミ袋を持っていけって。近所の目を気にしてるのなら、この地区のゴミ捨て場に捨てればいいって言ってます。本当は自分も行きたいみたいなんですけど、そろそろ父が帰ってくるので。ついでに、もう一人、連れていきます」

そう言って弘樹がドアを開けると、上がりかまちに、弘樹の姉がいるのが見えた。

「こっちが、比奈子さんの友だちなんで」弘樹が言う。

あまり乗り気でないのが表情を見てわかるが、姉はスニーカーのひもを堅く結びなおして出てくると、啓介に向かい、「よろしくお願いします」と深くおじぎをした。

「じゃあ、行こうか」

よその家の子どもを二人伴い、啓介はひばりヶ丘へと続く道を歩き始めた。姉は黙ったまま、弘樹は鼻歌をうたっている。もう、足を止めることはできない。

ひばりヶ丘に到着した。わが家は静まりかえっている。部屋の灯りはともっているが、物音も叫び声も聞こえない。いつもと同じ、テレビの音が漏れ聞こえているだけだ。安堵のため息をついた。

「ひっでえ、何これ」

弘樹が憤りの声を上げる。姉も呆然とビラを眺めている。

「じゃあ、始めようか」

ゴミ袋を片手に、三人はビラを剝がす作業を始めた。


午前零時三十分——。

真弓は目を見張った。

小島さと子が高橋家の前で何やら文句を言っている。相手は三人、事件の起きた家を見にきた野次馬だろうかと思ったのだが、その中の一人はどう見ても啓介だった。

片手に大きなゴミ袋を下げ、高橋家の塀に貼られたビラを剝がしている。

しかも、あとの二人は、見かけたことのない、彩花と歳の変わらなさそうな男の子と女の子だ。さと子がぎゃんぎゃんと文句を言うのがまるで耳に入らないといった様子で、もくもくとビラを剥がしている。ガムテープだけではなく、糊かボンドも使っているのか、一枚剥がすのにかなり手こずっている様子だ。

なぜ啓介がこんなことをしているのだろう。わが家の一大事に逃げ出したのではなかったのか。それが、向かいの家の修復をしているとは。あきれるのを通り越し、滑稽な見世物のように思えてきた。

「遠藤さん、あなたいったいどういうおつもり？　わたしたちひばりヶ丘の住人が信念を持ってこれをやったことは、ほんの数時間前にお伝えしたはずよね」

さと子がかみつくように声をあげる。

「それは、伺いました。小島さんたち、昔からお住まいの方たちがこのひばりヶ丘を大切に思われている気持ちはわかります。でも、わたしは、こういうのが正しいやり方だとは思いません」

啓介がさと子に言い返した。声も小さく、恐る恐るといった感じだが、確かに反論している。そんな啓介を見るのは初めてだ。

「よくもまあ、そんなえらそうなことを。ご自分の家が大変なことになっていたっていうのに。言っておきますけどね、逃げたあなたの代わりに、わたしが助けに行かなければ、あなたのお嬢さんは死んでいたかもしれないのよ」

「そんな……」

「嘘だと思うなら、確かめてらっしゃいよ」

さと子がこちらを丸いあごでしゃくるように振り返り、啓介も視線を追う。二人の視線が同時に、玄関前に立つ真弓を捉えた。家の中に逃げ込んでしまいたかったが、足がすくんで動かない。さと子の視線を避け、啓介を見たが、彼が何を思っているのか、まったく感じ取ることができなかった。わからないのは、今に始まったことではない。啓介の事なかれ主義には腹が立つことのほうが多かったが、夕食が冷凍食品だろうが、少し高価なラグを買おうが、何をやっても文句を言われないぶん、楽に思っているところもあった。

黙っている啓介が何を思っているのか、考えたことなどあっただろうか。

お嬢さんは死んでいたかもしれない、というさと子の言葉に、彼は今、何を思っているのだろう。自分を軽蔑しているだろうか。彩花を気にしているだろうか。しかし、こちらに駆けてこないということは、案外、さと子に対して「大袈裟な」と思いながら、やりかけの作業のことを気にしているかもしれない。きっと、そうだ。

こんなときに、没頭できることがある啓介がうらやましかった。真弓は足を一歩踏みだし、階段を下りると、狭い道路を渡った。

「わたしもやるわ」

啓介にそれだけ告げると、真弓は塀の前に置いてあるゴミ袋の束から一枚引き出し、バサバサと空気を入れて広げると、『ひばりヶ丘の恥さらし!』と書かれたビラに手を伸ばし、引き剝がした。ボンドのせいで、一気に剝がれることはなかったが、塀にこびりついた紙を、爪を立てながら少しずつ剝がしていくと、不思議と気分も落ち着いてくる。

「ちょっと、あなたまで、どういうこと」

さと子が耳元で声をあげるが、真弓は無視をして別のビラに手を伸ばす。こんなイヤらしい言葉を書き連ねて、おまけにボンドでとめた上から、ガムテープを貼るなんて。悪質だ。ひばりヶ丘に対する思いがどんなに強かろうと、こんなの悪質すぎる。それを彩花がやったと疑ったとは。今夜の騒動はここから始まったのだ。

こんなものがなければ、平穏な夜を過ごすことができていたのだ。こんなもの、なかったことにすればいい。今夜のことも。この高橋家で起きた殺人事件も。すべてなかったことにできれば、どんなにいいだろう。

「やめなさい！」

さと子は真弓の肩に手を掛けてきたが、真弓は振り返らなかった。この塀が元通りになれば、今夜のことはなかったことにできる。それだけだ。

「あなたたちはいったいどこの子？　見かけない顔ね。何の権利があってこんなことをしているの」

さと子がビラを剝がしている女の子に食いつく。が、彼女はさと子の顔を見ようともしない。ビラだけを凝視しながら、もくもくと剝がし続けている。怒りをぶつけるような、涙をこらえるような、そんな表情で。

彼女も何か、後ろめたい思いを抱えているのだろうか。だが、本当にいったいどこの子なのだろう。なぜ啓介と一緒にこんなことをしているのだろう。

「だいたい、子どもが出歩いていい時間じゃないでしょう。学校はどこ？　どうせたいしたところに行ってないんでしょうけど、明日、電話させてもらうわよ」

さと子が男の子を見上げながら言う。ポシェットを両手で強く握りしめているのは、先程の防犯ブザーを取り出すためか。鼻歌混じりにビラ剥がしをしていた男の子は、調子よく、さと子に振り向いた。

「どうぞ、ご勝手に。おばさんこそ、何の権利があって、止めてんの？　自分が貼りましたって言ってるようなもんだけど、警察に訴えちゃってもいいの？」

「わたしにはひばりヶ丘を作り上げてきた住人として、この家に抗議する権利があるのよ」

毅然と言い切るさと子に、男の子が一瞬ひるむ。

「ない！」

声をあげたのは女の子だった。

「誰にも、比奈子を責める権利はない！　比奈子がおばさんに何をしたって言うの？　ここぞとばかり、えらそうに被害者面してるけど、どんな迷惑を被ったっていうの？」

「ひばりヶ丘の評判を貶められたわ。『ひばりヶ丘エリート医師殺害事件』なんて名前がつけられて、高慢だの、思い上がってるだの、世間を見下したバチがあたっただのって、電話の掲示板でひばりヶ丘全体が攻撃されているのよ」

「それは、おばさんたちが日頃からそういう態度をとってるからよ。だから、事件が起こったのに便乗して、ひばりヶ丘も貶されたんじゃない？　比奈子の家のせいにしないで。高級住宅地のひばりヶ丘が反感を受けてるのは、ここの住人たち自身のせいよ」

「何ですって？」

「学校に連絡したけりゃ、勝手にどうぞ。S女子学院高等部よ。担任の名前は大西。すみませんって十回は言ってくれるはずよ。そんなことしたらますます比奈子が悪者になってしまうか、そういうの考えられない人だから。まったくアテにしていない。おばさんがどう言おうと、わたしはここが元通りになるまで、やめないからね。こんなの一枚たりとも比奈子に見せたくない。わたしは比奈子の友だちとして、これを剝がす権利があるの」

「あっ……」

いっぱいになったゴミ袋の口を縛りながら様子を見ていた啓介が声を上げた。真弓も手を止め、視線を追う。

「まあ……」

二本向こうの外灯に隠れるように、高橋比奈子が立っていた。その後ろに良幸と、慎司の姿も見えた。

午前一時――。

比奈子は坂道を駆け上がった。家の前にいるのは、歩美だ。暗くてはっきりとは見えないが、あのシルエットは歩美に間違いない。隣には弘樹も。何をしているのだろう。とっさに駆け出したものの、ふとイヤな予感が頭をかすめ、足を止めた。街灯の陰に隠れる。

家の塀に、何やら紙がたくさん貼られている。あれを、歩美が？

歩美は手に持った紙をぐしゃっと丸め、脇に置いてあるゴミ袋に丸めて入れると、また違う紙に手を伸ばした。一週間分のゴミが収まるサイズの大型ゴミ袋は半分くらいいっぱいになっている。貼っているのではなく、剝がしているのだ。弘樹と、そしてなぜか、向かいのおじさんとおばさんも。

歩美に文句を言っているおばさんがいる。小島さと子だ。歩美が無視すると、今度は弘樹に文句を言い出した。弘樹は軽くあしらうように言い返し、さらに逆上するさと子に、歩美が声を上げた。

――わたしは比奈子の友だちとして、これを剝がす権利があるの。

バネが弱くなるほど何度も開閉した携帯電話にではなく、歩美の声が直接耳に飛び込んできた。友だち、友だち。堰《せき》を切ったように涙があふれ、鼻水も出てきた。それをすすった瞬間、視線を感じた。向かいのおじさんだ。それに続いて、おばさん、弘樹、そして、歩美がこちらを向く。

立ちつくしたまま見つめ合っていると、弘樹が「ほら、行けよ」と歩美の背を押した。とまどうように一歩、二歩と足を出す歩美に合わせて、比奈子も足を踏み出した。お互い手が届く距離まできて、足を止めて向かい合っても、口を開くことができない。さと子に啖呵《たんか》を切ったのが嘘のように、歩美は俯いたまま黙っている。比奈子も何を言えばいいのかわからない。ふと見ると、歩美の右手には丸めた紙が握りしめられたままになっていた。

「ありがとう」

それだけ言うと、また涙が溢れてきた。

「ありがとう。こんな時間に、僕たちが帰ってくるまえに、ビラを剝がしてくれて。本当にありがとう」

比奈子が声に出せなかった言葉を、後ろに立つ、良幸が引き継いだ。

「ありがとうございます」

良幸は向かいの二人、遠藤啓介と真弓にも深々と頭を下げた。比奈子も一緒に頭を下げたが、何故、歩美たちがこの夫婦と一緒にいるのかがわからない。同じ目的で、偶然、居合わせたのだろうか。

「ありがとうございます」

比奈子に続いて、歩美が啓介に頭を下げた。ますます、意味がわからない。

「遠藤さんがうちまで誘いに来てくれたんだ」

歩美が比奈子にこれまでのいきさつを説明した。昼間、啓介は弘樹の部屋の壁紙の貼り替えに鈴木家を訪れていたらしい。

「お向かいの家を元通りにしたいって、うちまで来て声をかけてくれたの。夕方、わたしと弘樹が遠藤さんのいるところで、比奈子の話をしてたから……ですよね？」

歩美が啓介に振り返る。

「いや、まあ、そうかな」

啓介は言葉を濁しながら、頭をかいた。歩美が比奈子に向き直る。

「ごめんね、比奈子。大変なことになったのに、メールできなくて。何て送ればいいのかわかんなかったの。クラスのみんなが『怖い』だの『最低』だの好き勝手なことを言ってて、掲示板にはもっとひどいことを書いてたから。比奈子の机やロッカーも落書きだらけになっているのに、担任は見て見ぬふりをしてるし……」

「余計なこと言うなよ」

「比奈子にメールを送るのは、そんな子たちをみんな敵にまわすということなんだって、怖くて……」

弘樹が遮ったが、歩美は続ける。想像していたことが実際に起こっていたのには胸が痛んだが、歩美がそういうつもりで言っているのではないことは理解できた。必死に謝ろうとしているのだ。

「遠藤さんが誘いにきてくれたときも、実は迷っていたんだ。見たことない人たちから、わたしが敵意を持たれるんじゃないかって、怖かった。弘樹に無理やり引っ張られてきた感じ。比奈子にメール送ったのかって、ずっと言われてたし」

「そんなことまで」弘樹がぼやく。

「ごめんね、こんな言い方して。でも、ここに来て、実際にビラを見て、許せないって思ったの。卑劣ってこういうことをいうんだって」

歩美がさと子を睨みつけた。さと子はフンと鼻を鳴らしたが、歩美はそれに取り合わず、比奈子にまっすぐ向き直る。

「何もできなかった罪悪感もあって、夢中になって剝がしてたけど、そんなことで許されるわけじゃないよね。このおばさんよりも、友だちなのに何もしなかったわたしの方が卑劣なんだって思う。——ホントに、ごめん」

肩を震わす歩美に、比奈子が手を伸ばす。

「謝らないで。ものすごく嬉しいから」

比奈子が泣き、歩美が泣き、二人が肩を抱き合って泣く隣で、良幸が啓介にタクシーを呼んでほしいと頼んだ。啓介がそれに応じ、ポケットから携帯電話を取り出す。

「待って、まだ半分も終わってないじゃん。最後までやるよ」

「今晩、きみたちがここに来てくれたことで、充分、比奈子も僕らも救われたから、もう、このままでも構わないんだ。本当にありがとう」

良幸が丁寧に弘樹の手からゴミ袋を受け取り、頭を下げた。

タクシーに乗り込む歩美と弘樹に、比奈子と良幸は何度も礼を言い、見えなくなるまで手を振った。


【七月五日（金）午後八時二十分～七月六日（土）午前一時四十分】

第八章　観覧車

午前一時四十分――。

残されたのは、六人。遠藤啓介、遠藤真弓、高橋良幸、高橋比奈子、高橋慎司、小島さと子――みんな、ひばりヶ丘の住人だ。

「遠藤さんにお伺いしたいことがあるんです」

良幸が啓介に言った。

「事件が起きた日の晩、慎司がコンビニに行くために家を出たとき、遠藤さんをお見かけしたと聞いています。もしも、その前後で、両親の会話や物音なんかが聞こえていましたら、僕たちに教えていただけませんか？」

「はっきりとじゃないけど、ご両親の話し声は聞こえたよ。だけど、本当に普通の会話で、わたしとしては事件に関係あるとは到底思えないんだ。途中で窓が閉められたから、その後、何かあったんじゃないかとも思ってる――ですよね、小島さん」

「わたし？　人聞きの悪いことを言わないで。わたしはよそ様のお宅の会話に聞き耳を立てたことなんてありませんよ」

「じゃあ、ここでお引き取りください。わたしは今から良幸くんたちにあの晩のことを話しますが、あなたはまったくの部外者ってことになりますから。真弓も、戻ってくれないか」

「待って、わたしはあの晩、コンビニで慎司くんに会ったわ。ずっと心配してたのよ。一緒に話を聞く権利があると思うわ」

　真弓が慎司を見たが、慎司は無言で俯いたままだ。

「待ちなさい。わたしもお話を伺わせていただくわ。あの晩、何も聞こえなかったわけじゃないのよ。ただ、聞こえないふりをしておく方がいいと思ったの。礼儀としてね。遠藤さんが言うことが正しいのかどうか判断するためにも、わたしも一緒にいた方がいいはずよ。それに、そんな大事なことを、こんな道端で話すつもり？　どちらのお宅も他人を上げられる状態じゃないでしょ。遠藤さんのお宅なんてもうたくさん。みなさん、うちにいらっしゃい」

　一気にまくしたてたさと子に反論する者はいなかった。夫婦同士、きょうだい同士で顔を見合わせるだけ。

「待って！」

　遠藤家から彩花がヨロヨロと出てきた。

「あたしも行く。あたしだって、散々迷惑かけられたんだから、きっちり聞かせてもらう権利があるわ」

パジャマからTシャツとジーンズに着替えている。

「じゃあ、行きましょうか」

さと子を先頭に、七人がぞろぞろと小島家に向かった。

「……野次馬」

一番後ろを付いていく慎司が消えそうな声でつぶやいた。比奈子が足を止めて、振り返る。

「わかってる、そんなこと。わたしもお兄ちゃんも。権利、権利、ってバカじゃないのって思ってる。でも、こうしなきゃ、今は仕方ないの。いい？　この先きっと、こんなことが何度もある。味方のふりをして近づいてくる野次馬に心を許しちゃダメ。こっちが知りたいことだけ聞き出すの。余計な感情は出さない。今みたいにつぶやいてもダメ。わかった？」

声を落としてそう言うと、慎司の背を押した。

＊

——何なんだ、あの騒ぎは、みっともない。

——ごめんなさい。慎ちゃんも大切な模試の前だから、気が立ってるみたいで。

——おまえが、勉強、勉強って言い過ぎだからだろう。

——だって、今が一番大切なときでしょう？

——高校なんて、どこでもいいじゃないか。

——ダメよ。医学部にいくなら、絶対にN高校に受からなきゃ。良幸くんもそうしたじゃない。

——あれは、良幸が自分で選んだんだ。医学部だってそう。俺は子どもたちに医者になれなんて、一度も言ったことはない。だいたい、親が医者だからって、医者になる必要なんてどこにもないだろ。比奈子だって、まったく気負っていないし。慎司はスポーツもよくできるし、きれいな顔をしているんだ。頭もそんなに悪いわけじゃない。アイドル歌手にでもなればいいんじゃないのか？

——あなた、それ本気で言ってるの？

——ああ、本気さ。

——良幸くんが医学部に受かったときは喜んでたじゃない。さすがだって。

——ああ、それは俺の子としてって意味じゃない。俺は数学大会であんな大きなトロフィーをもらえるほどかしこくはなかったからな。

——慎ちゃんだって、これからいくらでもがんばれるわ。

——そりゃ、そうしてくれるに越したことはないが、あんなにおかしくなってしまうまで、勉強する必要はない。

——どういう意味？

——慎司はもういいってことさ。

＊

午前二時——。

小島家の応接室で、啓介は大騒ぎのあとに聞いた弘幸と淳子の会話を、ゆっくりと思い出しながら再現した。

「そのあと、窓が閉められて、声は聞こえなくなった」

「それだけ？」

真弓に訊かれ、啓介は頷いた。

「もっと、語気を荒らげたしゃべり方だったとしても、どこでスイッチが入ってしまうのかしら……」

普通の会話だったと前置きはしたが、それは自分が男だから理解できないだけで、真弓なら、淳子の気持ちを、殴った動機を、理解できるのではないかと期待していたのだが、自分と同様、さっぱり理解できていないようだ。

さと子の方を見たが、訂正も補足も加える様子はない。

部屋に通された際に、啓介が「水を一杯もらえませんか？」とさと子に頼むと、見たことのない種類のミネラルウォーターのペットボトルと高そうなグラスが全員分出された。

室内はシンプルな造りで、豪華というイメージはないが、職業柄、ひとつひとつの素材や造りが厳選されたものであることはよくわかる。わが家の三人が並んで座っても余裕のある大きなソファも、柔らかい革張りだ。さと子の手作りらしき人形やタペストリーが台無しにしているところもあるが、まさしく、ひばりヶ丘の家だ。

さと子の「ひばりヶ丘論」も、ここで聞かされたら、また違った捉え方になったのかもしれない。

向かいのソファの高橋家の子どもたちを見たが、三人とも、表情一つ変えずに黙ったまま、並んで座っている。坂道を上がり、のどが渇いていたのか、比奈子がペットボトルを開けてグラスに三等分すると、それぞれが手を伸ばし、口をつけた。言い出した啓介が、グラスに触れるのをためらっているというのに。

真弓と彩花は手を膝にのせたまま、動かそうともしていない。家の中ではお互い何を考えているのか理解できなくとも、外に出れば、三人、家族と丸わかりではないか。

「坂道病」

彩花はポツリとつぶやいた。

「普通の感覚を持った人が、おかしなところで無理して過ごしていると、だんだん足元が傾いてるように思えてくるんだよ。精一杯踏ん張らなきゃ、転がり落ちてしまう。でも、そうやって意識すればするほど、坂の傾斜はどんどんひどくなっていって……おばさんはもう限界だったんじゃないの？」

兄と姉に挟まれて、背中を丸めて俯いて座っている慎司を眺めながら、何度も首をひねりたい気分だった。

自分が好きだったのは、本当にこの人だったのだろうか。

有名進学校の制服を当たり前のように着こなして毎朝家を出て行く慎司。バスケの試合会場で汗を流しながら活躍し、女の子たちから声援を浴びている慎司。向かいの家に住んでいるのに、気安く挨拶もできないのは、自分の資質が慎司と釣り合っていないことを痛感していたからだ。せめて、S女子学院の制服を着ていれば、せめて、慎司の家くらい大きな家に住んでいれば、こんなにみじめな思いに耐えることはなかったはずなのに。

目の前にいるのは、不安で今にも叫び出したいのを我慢しているような、陰気で、頼りなさそうな男の子。高木俊介にだって、ちっとも似ていない。どうしてこんな人を好きだと思っていたのだろう。

坂道を転がり落ちないように、必死でバランスを保ちながら踏ん張っているうちに、自分自身が歪んでしまっていたのだ。歪んでいるのにそれに気付かないから、背中をトンと軽く押されただけで、バランスを崩して転がり落ちてしまう。

「あんただって、そう」

彩花は母親を見た。事件当夜の会話の再現に納得できていない様子だ。理解できないのは、娘の気持ちだけではなかったのか。

「さっき、なんでもないことでキレたじゃん。決定的な何かってあった？　オヤジが聞いた会話のどの部分も、ひと言で殺意を起こさせるようなものじゃないけど、最後の一押しになるような言葉は、おばさん的にはどこかにあったんじゃないの？」

母親もまた、坂道を転がり落ちないように必死で踏ん張り続けていたのかもしれない。

背中を押したのは、あたしだ。

真弓がハッとしたように顔を上げた。

「そうね、彩花の言うとおりかもしれない。今日突然ってわけじゃないのよ。淳子さんもきっと――」

「やめてください」

良幸は真弓の言葉を遮った。

「事件当夜のことを教えていただけたことには、感謝しています。でも、母の気持ちを勝手に想像するのはやめてください。誰がどんなに想像しても、母のことは本人にしかわかりません。僕たち子どもにもわかりません。今日は本当にありがとうございました」

啓介に深く頭を下げ、さと子の方に向き直る。

「わが家の件で、ひばりヶ丘の方々にご迷惑をかけていることは申し訳なく思っています。でも、僕たち、特に、妹と弟はここで生まれ育って、まだ一度も別のところで生活したことがありません。せめて、二人がそれぞれ独立できるまで、ここにいさせてください。どうか、よろしくお願いします」

座ったまま、膝に額を擦りつけるように深々と頭を下げながら、自分の肩が震えていることに気が付いた。ひばりヶ丘に帰ってきて、事件が起きたのは、やはりわが家だったのだということを痛感した。生まれ育った家に住むことすら当たり前ではなくなっている。

「お願いします」

比奈子も頭を下げた。慎司も続いて頭を下げている。

だが、自分たちは何も悪いことをしていない。事件を起こした母親ですら、この人たちには迷惑をかけていない。だから、決して安易に謝罪の言葉を口にしてはいけない。プライドを持って頭を下げるだけだ。

「いいのよ、もう。顔をあげなさい。あなたたちの気持ちはわかったわ。ひばりヶ丘のことはわたしにまかせて。婦人会のみなさんを説得してあげるから。今日はもう、疲れたでしょ。ゆっくり休みなさい。よかったら、うちに泊まってくれてもいいのよ」

さと子に言われ、良幸はゆっくりと顔をあげた。自己満足に浸るような笑みを浮かべているかと思ったが、さと子の表情は心から良幸たちを案じているように見える。

「ありがとうございます。お気持ちだけで充分です」

自分たちが下手に出たことにより、情にほだされたのではない。冷静に考えると、こちらが自分の知っている、ひばりヶ丘で一番頼りになる小島さんちのおばさんだった。

受け入れられたと安心しきれるわけではないが、とりあえず、ビラを貼られることはもうないだろう。

これで、家に帰ることができる。


午前二時四十五分――。

小島家を出て、それぞれの家に向かって別れたが、良幸が軽く会釈をしただけで、比奈子と慎司はこちらを見ようともしなかった。

玄関を開けると、彩花と啓介が先に中に入った。

ドアを閉める前に、真弓は一度、高橋家を振り返った。中傷のビラはまだ残っている。それには目もくれず門扉を開け、真っ暗な家の中に子どもたちは向かっているが、急に足を止め、何やらごそごそしている。と、慎司がこちらに走ってやってきた。

「すみません、返すのが遅くなってしまって」

そう言って、たたんだ一万円札を両手で真弓に差し出した。

「まあ、わざわざ」

真弓は一万円札を受け取った。

そうだ、これを心配していたのだった。慎司を捜しに町中を車で走り回って、これは同じ一日の出来事だったのか。

「ありがとうございました」

慎司は早口で礼を言い、少しだけ笑顔を見せて去っていった。

よかった、無事、帰ってきてくれて。

慎司の背を見送り、真弓も家の中に入った。鍵を掛け、啓介と彩花の靴を整える。

キッチンに入り、慎司から受け取った一万円札を財布にしまうため、壁にかけてあるバッグを開けると、携帯電話が点滅していた。メールが一件届いている。午後八時の着信、「フレッシュ斉藤」のパート仲間、美和子からだ。


——こんにちは、大ニュースよ。晶子さんて、「ひばりヶ丘エリート医師殺害事件」の容疑者の妹なんだって。うちの子、容疑者の娘と同級生なのよ。怖いわねえ~。でも、晶子さん、パートはやめたから、ひと安心。おめでたらしいけど、ホントにそうなのかしら。ではでは、また明日。

怖いことなど何もない。晶子は何もしていないのだから。こうやって他人を貶めているうちにも、今度は自分が加害者やその身内になる可能性があることを、なぜ考えないのだろう。だが、晶子の辞めた理由がおめでたでよかった。お見舞いを持っていこうか。興味本位で訪れたと思われるだろうか。けれど、今の自分なら、少しくらい力になれるのではないかと思う。

メールを削除し、携帯電話をバッグの中にしまった。カウンター越しにリビングに目をやると、ソファで啓介と彩花がけだるそうに伸びている。

「水をくれないか」

「あたしも」

真弓がキッチンにいることに気付き、二人が言った。冷蔵庫からペットボトルを取り出す。「フレッシュ斉藤」で無料給水できるミネラルウォーターを、飲み口の分厚い、安物のグラスに注いでテーブルの上に置くと、啓介も彩花もがぶがぶ飲み干した。真弓もソファの端に座り、冷えた水を飲んだ。

饐《す》えた臭いはまだ部屋に残っている。カーテンを開けっ放しにしているため、ガラスが割れているのも丸見えだ。しかし、啓介は何も言わない。

「しっかし、あのきょうだいって、ふてぶてしいよね。こっちがせっかく親切にしてやってんのに、母の気持ちを勝手に想像するのはやめてください、なんて。何様のつもり？　あれでもかなり言葉選んで、フォローしてやったのに」

彩花がゴトリと音を立ててグラスを置いた。小島家での彩花の言葉に、正直、真弓は驚いた。彩花の言わんとすることが手に取るように理解できた。同時に、それは淳子の気持ちを代弁しているのではなく、彩花の本心で、ようやく癇癪《かんしやく》スイッチの入る理由を理解できたような気がする。

「ところで、あたしとオヤジはいつ出て行かなきゃなんないの？」

「出て行く？」

啓介がからだを起こした。

「この人、一人でこの家に住みたいんだってさ」

「それは……」

彩花にあごでしゃくられ、真弓は口ごもった。確かにそうは言ったが――。

「無理だろ」

あっけなく啓介に否定された。突然の別居宣言なのに、動揺しているそぶりも見られない。かといって、いつものように聞き流しているようでもない。

「今の生活でいっぱいいっぱいなのに、別々に暮らす金なんてあるはずないじゃないか。この家を売ったとしても、残るのは借金だけだ。ひばりヶ丘がイヤでも、この家が気に入らなくても、三人でいることに腹が立っても、ここに帰ってくるしかないんだ。でも、今日の、この最悪な状態で、ここに三人揃ってているってことは、この先もどうにかやっていけるってことじゃないのか」

啓介はそう言うと、水を飲み、またたらしなくソファにもたれた。

彩花は何も答えなかった。しかし、自室に戻る気配もない。ソファに背中を丸めて寝そべり、天井の一点を眺めている。

真弓も黙っていた。時計の音が聞こえるほど、静かな時間。夜が明ければ、またいつもと同じ生活が始まる。土曜日だ。「フレッシュ斉藤」はとても混み合うに違いない。彩花はまた癇癪を起こすだろうし、今は何やらもっともらしいことを言っている啓介も、また事なかれ主義に戻るだろう。それでも。

「何これ」

彩花がテーブルの脇に置いてある紙袋に気が付いた。有名なチョコレート店のものだ。さと子がまた、持ってきていたのだろうか。

「ああ、お客さんにもらった手作りのチョコレートケーキだ。さっき来てた子たちの。娘がいるって言ったら、お嬢さんにどうぞってわけてくれたんだ」

啓介が答えた。彩花が袋を手に取り、中をのぞき込む。

「ふうん。食べてみようかな。でも、こんな時間だし、にきびできても困るしな……。ねえ、一緒に食べようよ」

そう言って彩花は啓介と真弓を交互に見た。

「そうね。じゃあ、紅茶でも淹れようかしら」

真弓はあわてて立ち上がった。大丈夫だ。ここで三人暮らしても、今日を乗り越えることができたのだから、明日も、この先もきっとなんとかなるに違いない。


午前三時――。

事件現場となった一階のリビングに入ることができず、二階の比奈子と慎司の部屋の窓ガラスも割られているため、良幸の部屋で夜を明かすことになった。

比奈子は部屋の電気をつけようとしたが、やめて、ベッドにもたれるように座った。

外であれだけ騒いだのだから、自分たちが帰ってきたことは近所中に知られているだろうが、今夜はまだ、きょうだい三人、そっとしておいてほしかった。

「やっぱり、僕のせいなのかな」

ドアの前で、背中を丸めて座っている慎司が、ポツリとつぶやいた。

「向かいのおじさんから、もっと意外なこと、お金や浮気のことでもめていた、なんて出ないか、ちょっと期待していたのに、一番知りたくないことだった……」

「ママのせいだって、わかったでしょ。結婚してもう二十年近く経つのに、前の奥さんと張り合い続けていたんだから」

「本当にそれが原因なのか？　もうとっくに死んでる人間と張り合ったって、仕方ないじゃないか。母さんだって、それくらいわかってただろう」

勉強机の前に座る良幸が言った。どこを見ているのか、どんな表情をしているのかわからない。少しずつ目が慣れてきた暗闇に、それぞれの声だけが響いている。

「直接は無理。だから、子どもで張り合ってたんじゃない？　パパのためにどっちが、優れた子、パパを喜ばせてあげられる子を産んだかって。ママが裁判でこんな動機を証言したら、お兄ちゃんと慎司までマスコミにさらされそうだよね」

比奈子は大きくため息をついた。

遠藤啓介が会話を再現するのを聞きながら、もうやめてくれと叫び出しそうになるのを必死でこらえていた。何が、事件に関係あるとは到底思えない、だ。

母親は、前妻の子どもと張り合うように大切に育ててきた息子が期待されていないことを知り、敗北感を憶えたに違いない。殴ったのは、夫が褒めた義理の息子のトロフィーが目に入り、衝動的にやってしまったのかもしれない。しかし、父親がもういいと言ったのもわかる。子どもたちに、好きにすればいいと言いながらも、心のどこかでは期待もあったはずだ。それなのに、たまに早く帰ってきて、みっともないほどの大騒ぎになっていれば、いつもこうなのかとか、もういいとか、あきらめる気持ちにもなるだろう。

向かいの家での騒ぎと同じことがわが家で起こったのなら、一番絶望的な気持ちになったのは、母親かもしれない。慎司の限界が見えてしまった、そこに、夫からのあきらめの言葉、自分の十何年かの人生をすべて否定されたように思えたのだろうか。

じゃあ、わたしは何なのだろう。

坂道病――と彩花は言った。足元が傾いているような気分になってくる。それをふんばり続けているうちに、自分が傾いていることにも気付かなくなり、ふとしたことで転がり落ちてしまう。母親はあまり自分の親戚とつき合おうとしなかった。叔母の晶子ですら、ひばりヶ丘のこの家を訪れたことはほとんどない。坂の下からここにやってきて、小島さと子のような人たちとつき合っていくには、転がり落ちそうになるのを必死で踏みとどまるような努力が必要だったのだろうか。たまには、インスタントラーメンくらい、作ればよかったのだ。

足元が傾いているなどと、比奈子は一度も感じたことはない。ただ、暗闇の中に漠然と続く自分の未来はまっすぐのような気はしない。けれど、今の状態を彩花の言葉で表現したくはない。あの子の癇癪がなければ、慎司が騒いだのはたった一晩の気の迷いとして、受け止められたのではないか。そもそも、慎司のたがが外れてしまったのは、昼間あの子がおかしなことを慎司に言ったからではないか。

権利、権利と、えらそうな主張をしながら、土足で踏み込んでこようとする野次馬一家。歩美を連れてきてくれたのは嬉しかったが、素直にありがたいとは思えない。あまり幸せでない一家が、向かいの家で事件が起きたのに便乗して立ち直ろうとしているだけではないのか。要は利用されているということだ。

だけど、そんなことで腹を立てていてはいけない。この先乗り越えていかなければならない試練は、こんな小さなことではないはずだ。

だからこそ、兄があの一家に、「母の気持ちを勝手に想像するのはやめてください」と言ってくれたことが、嬉しかった。

「俺にはわからんよ。そんなことで殴りつける気持ちが」

良幸がつぶやいた。

「父さんは慎司だけじゃなく、子どもたち全員にそれほど期待してなかったんじゃないか? 自分のことで精一杯。女親のように子どもを自分の分身のようには思えないのかもしれない。それは、俺もこの先、多分同じだ。動機がそれなのだとしたら、母さんの気持ちを理解することなんて、一生できないような気がする。それでも、殺人を犯してしまうほど意識していた女の息子を、大切に育ててくれたことには変わりない」

「やっぱり、僕のせいだ」

声を詰まらせながら、慎司が言った。

「母さんの期待に応えられなかった、くだらないことで暴れてしまった、僕のせいだ。お願い、母さんを許して……」

外に漏れないよう、声を押し殺して泣いている。僕のせい、とファミレスにいたときと同じ言葉で自分を責めながら。何のために、ひばりヶ丘に戻ってきたのだろう。知りたいことは何だったのだろう。

真相はただ一つ。悼む相手も、責める相手も、なぐさめる相手も、みんな家族だということ、それだけだ。

「許す、なんて、親やきょうだいで使う言葉じゃないよ、きっと。どんな感情を持っていても、家族であり続けなきゃいけないんだから。わたしもいろいろ思うことはあるけど、家族同士で誰が悪いのか責め合うなんてことはしたくない」

「そうだな。家庭内の事件に、他人の裁きはいらない。事実のみ、俺たち家族だけが知っていればいい。この先どうするのが一番いいのかを考えて、明日、三人で母さんに会いに行こう」

良幸の言葉に頷くと、新聞配達員のものだと思われる、原付バイクが少し走っては停まる音が聞こえ、ひばりヶ丘に夜明けが近づいていることに気が付いた。

【七月六日（土）午前一時四十分〜午前四時】

週刊フタバ「ひばりヶ丘エリート医師殺害事件」の真相

――殺害された高橋弘幸氏は、日頃から教育熱心で、特に、来春高校受験を控えた次男のS君には、二階の角にある勉強部屋を「手術室」と呼び、毎夜遅くまで厳しく指導していた。S君は有名私立中学に通い、成績も優秀だったが、弘幸氏は息子を自分と同じ医学の道を歩ませることに、異常なほど執着していたという。S君はバスケ部のレギュラーとして活躍していたが、弘幸氏は、勉強の妨げになるからと、部活動をやめるよう強要していた。試合当日にS君のバスケ用品がゴミ捨て場に捨てられていたのを、近所の住人が目撃している。

事件の起きた晩は、模試の前日で、弘幸氏はS君の指導に厳しくあたっていたが、S君は頭痛を訴えた。S君がその日学校を早退したことも、学校関係者より証言がとれている。しかし、弘幸氏は、頭痛は勉強をさぼるための口実だと、聞き入れようとしなかった。痛みに耐えきれなくなったS君は、我を忘れ、大声で叫び出してしまう。S君の突然の暴発を抑えるため、弘幸氏はリビングに置いてあるゴルフクラブを取るために、階下に降りた。妻の淳子容疑者は危険を察知し、阻止しようとしたが、弘幸氏は聞く耳を持たなかったため、とっさに棚の上にあったトロフィーを手に取り、背後から殴りつけた。

夫を死に至らしめてしまった淳子容疑者は、事情を知らないS君に、コンビニに行くようにと指示を出す。淳子容疑者に言われるまま家を出たS君は、コンビニで二十分ほど買い物をし、家に帰った。すると、自宅前に救急車が停まっており、パトカーもやってきたため、怖ろしくなって逃げ出してしまう。が、翌日になって、きょうだいと合流。

「僕の心は死にかけていました。母は僕を救うために罪を犯してしまいました。どうか、母を助けてください」

S君は人気アイドルに似た端整な顔を歪ませて、記者たちに涙ながらに訴えた。

小島さと子　Ⅳ

あら、マーくん、お久しぶり。そっちから電話をかけてくれるなんて、珍しいわね。何か送ってほしいものでもあるの？

「ひばりヶ丘エリート医師殺害事件」について、ネットで調べた？　あらそう。こっちはもう、とっくに元のひばりヶ丘に戻っているわ。静かなものよ。

ママが話していたのと様子が違う？　あら、どんなことを言ったかしら。あのときは気が動転していたから、勘違いしたことを言っちゃったかもしれないわね。もちろん、マーくんが調べた方が正しいに決まってるじゃない。

子どもたちが嘘をついている？　それは考えすぎよ。ご主人、本当は怖い人だったのよ。被害者はむしろ、淳子さんの方だったの。家庭内のことは、そこの家族にしかわからないものなのね。

叫び声？　そうだ、ママがマーくんに話していたのは、お隣のことでしょ。防犯ブザー、ものすごく役にたったのよ。あわや大惨事ってところをブザーが救ってくれたの。さすがマーくん、離れていてもママを守ってくれたのね。でも、お隣も最近は落ち着いてるわ。やっぱりこっちには帰ってこられない？　いいの、気にしないで。ママね、今ちょっと忙しいのよ。高橋さん宅の保護者代わりってところかしら。でも、いろいろと楽しんでいることもあるわ。一番の楽しみは、明日の高木俊介くんのコンサートね。新しいお洋服も買ったのよ。でも、困ったことに、ポシェットと合ってないの。仕方ないわね、別のバッグで行くわ。あと、このあいだ知ったんだけど、さ来年、海の近くに観覧車ができるんですって。マーくん、好きでしょ。それが完成した頃に帰ってくるのも、いいかもしれないわね。観覧車に喜ぶような歳じゃない？　何言ってるの。日本一の高さなんだから。わたしだって楽しみにしているのよ。

長年暮らしてきたところでも、一周まわって降りたときには、同じ景色が少し変わって見えるんじゃないかしら。

マーくんと一緒に、乗ってみたいわ。

本書は「小説推理」'09年8月号から'10年3月号に
連載された同名作品に加筆、訂正を加えたものです。

湊かなえ●みなとかなえ

1973年広島県生まれ。武庫川女子大学家政学部卒。2005年第2回BS-i新人脚本賞で佳作入選。07年第35回創作ラジオドラマ大賞を受賞。同年「聖職者」で第29回小説推理新人賞を受賞し、同短編を収録した『告白』でデビュー。08年週刊文春ミステリーベスト10、09年本屋大賞でそれぞれ第1位となる。著書に『少女』『贖罪』『Nのために』がある。

夜行観覧車《やこうかんらんしや》

2010年6月6日　第1刷発行
2010年6月30日　第3刷発行

著　者――湊《みなと》かなえ

発行者――赤坂了生

発行所――株式会社双葉社
東京都新宿区東五軒町3-28　郵便番号162-8540
電話03(5261)4818〔営業〕
03(5261)4831〔編集〕
http://www.futabasha.co.jp/
(双葉社の書籍・コミック・ムックが買えます)

CTP製版――株式会社ビーワークス

印刷所――大日本印刷株式会社

製本所――株式会社若林製本工場

カバー印刷――株式会社大熊整美堂

落丁・乱丁の場合は送料双葉社負担でお取り替えいたします。「製作部」あてにお送りください。
ただし、古書店で購入したものについてはお取り替えできません。
［電話］03-5261-4822（製作部）

定価はカバーに表示してあります。

ISBN978-4-575-23694-1 C0093

誘拐

五十嵐貴久

緻密な犯罪計画に翻弄され、難航する捜査の果てにあるものは……。警視庁と頭脳犯の手に汗握る攻防戦！

ロード&ゴー

日明恩

救急車がジャックされた！　車内の様子が無線で傍受され、全てがネットに曝される中、タイムリミット目指して走り出す。

白戸修の狼狽

大倉崇裕

いつも事件に巻き込まれる、お人好しな彼は、NO！と言えない草食系素人探偵!? クスッと笑えて、ほろっと泣けるハートウォーミングなミステリー。